한국 호랑이

진호철 장편 소설

FUSION FANTASTIC STORY

한국호랑이 5

진호철 장편 소설

초판 1쇄 찍은 날 § 2014년 7월 29일
초판 1쇄 펴낸 날 § 2014년 8월 1일

지은이 § 진호철
펴낸이 § 서경석

편집부장 § 권태완
편집책임 § 박은정

펴낸곳 § 도서출판 청어람
등록번호 § 제387-1999-000006호
등록일자 § 1999. 5. 31
어람번호 § 제1-1905호

주소 § 경기도 부천시 원미구 부일로 483번길 40 서경B/D 3F (우) 420-822
전화 § 032-656-4452   팩스 § 032-656-4453
http://www.chungeoram.com
E-mail § chungeorambook@daum.net

ISBN 979-11-316-9134-2 04810
ISBN 979-11-5681-964-6 (세트)

한국 호랑이

진호철 장편 소설

FUSION FANTASTIC STORY

5

CONTENTS

1장

재수없는 인간

살벌한 유천의 기세에 외국인 남자가 주춤거렸다.

이미 한국에 오기 전에 유천에 대해 사전 정보를 가지고 있
었다.

불같은 성격.

수틀리면 무슨 일을 당할지 몰랐다.

아차 하면 여기가 인생 끝이란 불안감에 외국인은 얼른 입
을 열었다.

"잠깐 말 좀 들어보시죠."

"말? 죽어서 땅속에서 해."

유천은 상대를 도무지 용서할 수 없었다.

자신이 그토록 분명히 경고했건만 이리 사람을 보낸 일에 대해 그냥 넘어갈 생각이 처음부터 아예 없었다.

유천의 눈가에 살기가 서렸다.

저벅저벅.

유천이 다가가자 외국인이 주춤거리며 뒤로 물러섰다.

"잠깐만, 나중에야 어쨌든 한마디라도 좀 들어보시죠."

"그래, 한번 해봐."

유천이 우뚝 선 채 싸늘하게 말하자 외국인이 허겁지겁 주머니에서 여권을 꺼내 들었다.

"이거 보시죠."

"이리 던져."

"여기 있습니다."

최대한 공손한 자세로 던지자 유천이 사뿐하게 잡았다.

유천은 여권을 슬쩍 훑어보고 말했다.

"알라문이라고?"

"네, 제 이름입니다."

"그걸 어떻게 믿어?"

"네?"

알라문이 얼떨떨한 표정을 짓자 유천이 한마디 했다.

"아프가니스탄 같은 제대로 썩은 나라에서 공무원들이 이름 바꾸는 건 일도 아니지."

"하긴요. 인정합니다. 하지만 분명히 제 본명입니다."

"네 본명이든 아니든 상관없어. 이 여권이 네 목숨을 살려 준다고 생각하진 않겠지?"

유천의 말에 알라문이 고개를 저었다.

"이러시면 안 됩니다."

"뭐라고?"

유천이 어이없다는 듯이 바라보자 알라문이 시간을 번 듯 차분하게 설명했다.

"제가 여기 온 건 한국 경찰에서 조사하면 다 나옵니다."

"나름 잔머리 굴렸네."

"다시 말씀드리지만 제가 영문 모르게 사라지면 문제가 커 질 겁니다. 이미 호텔 객실에 유천 씨와 만난다는 메모를 해 놓고 왔습니다."

"그래서?"

유천이 싸늘하게 말하자 알라문이 식은땀을 뻘뻘 흘리면 서 말했다.

"저를 죽이시면 유천 씨가 힘들어집니다."

"그건 네가 걱정할 게 아니지."

"나중에 살인자로 몰릴 텐데요?"

그 말을 가만히 듣던 유천이 좋은 생각이 떠오른 듯 짓궂은 미소를 머금고 말했다.

"너는 한 가지만 아는 거야."

"무슨 말씀이신지?"

"누가 널 죽인다고 그랬어?"

"…그러시면?"

알라문이 떨떠름한 표정을 짓자 유천이 그에게 다가서며 주먹을 불끈 들어 올렸다.

"안 죽이면 되잖아."

"무, 무슨 말씀이신지?"

크게 당황한 알라문에게 유천이 비웃으며 한마디 쏘아붙였다.

"그거 아냐?"

"뭐 말입니까?"

"한국에는 주거침입죄란 게 있어."

"……."

알라문이 주춤거리자 유천이 친절하게 설명했다.

"무단침입자를 응징하면 정당방위지."

"내가 언제 무단 침입을 했다는 겁니까?"

"그럼 누구 허락받고 내 집에 온 거야?"

"……."

침묵하는 알라문에게 유천이 친절하게 아픈 점을 꼭 집어

설명했다.

"미안하게도 집 안엔 CCTV가 달려 있어."

"헉!"

"넌 빠져나갈 곳이 없어. 그러니 그냥 맞아."

"자, 잠깐!"

알라문이 급히 손을 들었으나 유천이 잔인한 미소를 지으며 말했다.

"아주 곤죽을 만들어주지."

"가, 가까이 오지 마."

"안 죽여."

짤막한 유천의 말이 그를 더욱 두렵게 만들었다.

알라문은 주춤주춤 뒤로 물러서며 급히 양손을 들어 올렸다.

"어쭙잖은 바람을 쓰려고?"

"순순히 당할 성싶으냐?"

"응."

유천은 아예 상대를 무시했다.

저들을 몇 번 상대한 경험상 알라문이 저항해 봐야 충분히 꺾을 자신이 있었다.

그런 유천의 모습에 알라문이 이마에 식은땀을 흘리며 변명했다.

"다시 말하지만 어려운 일이 있을 거 같아 도와주러 온 거다."

"개소리 작작하고 이제 시작하자고."

"뭐, 뭘 시작한단 거지?'

"어떻게 패야 사람이 안 죽고 고통스러운지 알아보자고."

"아, 안 돼!'

알라문이 절규했으나 유천은 깨끗이 무시했다.

"말 안 듣는 놈 길들이기는 이게 최고야."

유천의 말을 들은 알라문은 입술을 악물었다.

어떤 수단을 써도 유천이 자신을 공격하는 걸 막을 길이 없단 걸 깨달았다.

선공.

싸움엔 먼저 움직이는 자가 유리했다.

훈련을 통해 그 점을 잘 알고 있던 알라문은 망설이지 않았다.

지금은 아차 하면 죽을 위기였다.

알라문은 판단 내리자마자 손을 쭉 내밀었다.

쉬익.

처음엔 부드러운 미풍처럼 보였다.

그런데 마치 칼날처럼 날카로운 소리가 먼저 유천에게 들려왔다.

바람을 한 군데로 집중시켜 상대를 타격하는 수법이다.

유천의 입장에선 이미 겪어본 터라 그리 당황하지 않았다.

유천은 냉정하고 간결한 동작으로 바람을 슬쩍 피했다. 굳이 힘으로 맞서는 수고를 할 필요도 없었다.

온 힘을 담은 필사의 공격을 유천이 피해내자 알라문이 당황했다.

"이런!"

"모르고 왔어?"

유천의 빈정거림에도 알라문은 흔들리지 않았다. 외려 더더욱 눈빛을 가라앉히며 매섭게 손을 뻗었다.

그야말로 그가 가진 모든 힘이 담긴 바람이었다.

쐐액.

바람 소리가 마치 화살처럼 들려왔다.

비록 바람이나 정통으로 맞으면 생사가 오락가락할 위력이다.

보통 사람이라면 오금이 저릴 상황이었으나 유천은 태연했다.

"먼저 놈들보단 낫네."

비웃던 유천의 손발이 갑자기 어지러이 움직였다.

번쩍.

유천의 몸에서 뻗어 나간 기운은 세찬 바람의 칼을 갈가리

찢으며 모조리 알라문의 몸에 정확히 꽂혔다.

"아악!"

처절한 비명 소리와 함께 알라문이 비틀거렸다.

단 일격이지만 강력한 타격에 알라문은 휘청거릴 수밖에 없었다.

유천이 천천히 다가섰다.

"저항한 죄까지 더해서."

고통에 신음하면서도 알라문은 손을 들었다.

"마, 말로 하자."

"그건 아까 했잖아."

유천의 입에서 차가운 미소가 떠올랐다.

그 모습이 본 알라문은 더욱 공포스러운지 필사적으로 머리를 굴렸다.

아차 하면 여기가 인생의 종착역이란 생각이 들었던 탓이다.

"사실… 아악!"

알라문의 입에서 자지러질 듯한 비명이 터졌다.

유천이 더 이상 듣지 않고 허벅지를 질끈 밟은 탓이다.

유천은 알라문의 허벅지를 누른 발에 지그시 힘을 가했다. 허벅지는 상상외로 고통에 취약한 신체 일부였다.

살이 문드러지는 고통에 알라문이 몸부림쳤다.

"엄살은."

"그, 그만!"

"이제 시작인데 즐겨봐."

유천의 입에서 냉정한 목소리가 흘러나왔다. 유천은 허벅지를 밟은 발을 지그시 비틀었다.

"크아악!"

이건 인간으로서 참기 힘든 고통의 순간이었다.

마치 살이 찢어지는 듯한 통증에 알라문의 안색이 꺼멓게 죽어갔다.

알라문의 비명이 들리자 유천도 덩달아 바빴다. 이젠 발을 떼고 거침없이 알라문의 전신을 발로 찼다.

물론 가장 고통스러운 곳만 골라 얄미울 정도로 정확하게 찼다.

"소리 좋고."

퍽퍽.

이번엔 인정사정없이 얼굴만 강타했다.

코가 부러지고 이가 뽑혔다. 무식해도 이렇게 무식한 경우는 없었다.

훈련으로 단련된 알라문이지만 버티기 힘들었다.

얼마나 맞았을까.

마침내 알라문이 백기를 들었다. 어느새 말투도 다시 존칭으로 올라갔다.

"제… 발 살려주… 세요."

"가급적 안 죽이도록 노력하지."

"으으……."

유천이 우뚝 동작을 멈췄다.

그러나 그 말이 더욱 공포스러워진 알라문이 무의식적으로 도망치려는 듯 필사적으로 기었다.

유천은 천천히 그의 뒤를 따르며 한마디 했다.

"전에 온 놈들도 비슷했어."

그 말과 동시에 유천이 벼락같이 다가섰다.

알라문은 피하려 기를 썼지만 이미 만신창이가 된 몸으로 유천의 완력과 스피드를 당해낼 수 없었다.

퍽!

유천은 단 한 방에 알라문의 목을 잡고 가볍게 팔을 비틀었다.

"억!"

고통에 인상이 구겨지는 순간 유천의 왼 주먹이 알라문의 관자놀이를 강타했다.

퍽!

짤막한 비명조차 내지르지 못하고 알라문이 땅으로 스르르 무너져 내렸다. 어느새 고통에 질려 정신 줄을 놨다.

"기절하면 끝인 줄 알았지?"

냉정하게 중얼거린 유천은 기절한 알라문의 가슴팍을 슬며시 집어봤다.

"여기군."

유천만이 알 수 있는 힘의 통로가 느껴졌다. 유천은 망설임 없이 그 통로를 손으로 지그시 눌렀다.

픽!

바로 통로가 막히자 마나가 움직이지 못하고 회전하는 것이 보였다.

유천은 바로 손을 떼고 알라문의 얼굴을 쳤다.

짝짝!

몇 대를 때리자 이내 정신이 든 듯 알라문이 가늘게 눈을 떴다.

유천은 그를 보고 한마디 했다.

"정신 차려."

"으윽……."

아직 제정신이 돌아오지 않은 듯 몽롱한 시선인 알라문에게 다시 한 번 손바닥을 날렸다.

쫙!

정신이 번쩍 드는 일격이기에 알라문이 눈을 크게 떴다.

"정신 들어?"

"……."

아무 말 없이 약간의 두려움이 섞인 표정으로 유천을 쳐다봤다.

유천은 싱긋 웃으며 알라문에게 말했다.

"온 이유가 뭐야?"

"어서 아프가니스탄… 에 오실 수 있도… 록 최대한 편의… 를 제공하라는 지시… 를 받았… 습니다."

알라문이 술술 말하자 유천이 비웃었다.

"개소리할래?"

"무슨 말씀… 인지."

"더 개소리하면 뒤진다."

"정말……. 아악!"

유천이 사정없이 알라문의 발목을 찍어 눌렀다. 발목이 부서지는 아픔에 알라문이 온몸을 부르르 떨었다.

"마지막 기회를 주지. 왜 왔어?"

"…그저 유천 씨에 대해 알아보라는 지시였습니다."

"단지 정보 수집 차 온 거라고?"

기도 안 찬 유천이 쏘아붙였으나 알라문은 고개만 끄덕였다.

"맞습니다."

"네 눈엔 내가 어린애로 보이나?"

"…무슨 말씀인지?"

알라문이 어리둥절한 표정을 짓자 유천이 싸늘하게 쏴붙였다.

"거짓말을 하려면 스토리 있게 해."

"진실입니다."

"너에게만 진실이겠지."

유천은 기도 안 찬다는 듯 깔끔하게 알라문의 말을 묵살했다.

유천의 말에는 시퍼런 살기가 묻어 나왔다.

알라문은 머릿속에서 요란한 비상등이 켜지는 느낌이었다.

제대로 진실을 말하지 않으면 죽는다.

아무리 자신이 뒤처리를 깔끔하게 했다 하나 일단 죽으면 아무 소용이 없었다.

그 생각이 들자 알라문은 두려움을 이기지 못하고 천천히 털어놓았다.

"실… 은."

"실은 뭐?"

"잘 감시하고… 있다가 언제 돌아오는지… 를 보고하라… 는 지시를 받았… 습니다."

"그거뿐이야?"

"…만약 일… 이 제대로 안 된다면 추… 가 인원을 부르기… 로 했습니다."

"개지랄 떠네. 당장 휴대폰으로 연락해."

유천의 지시에 알라문이 움찔했다.

"연락이라니… 요?"

"아니면 죽든가."

간단한 유천의 말에 오히려 더 공포를 느꼈다.

알라문은 잠시 망설이더니 이내 휴대폰을 꺼내 들었다.

"접니다. 지금 정유천 씨가 바꿔달라는데요? 아, 네. 바꿔드리겠습니다."

알라문이 조심스레 휴대폰을 건네주자 유천이 거칠게 받아 들었다.

"왜 이래?"

─도대체 어떻게 한 건가?

상대의 저음이 들리자 유천이 더욱 차갑게 냉소를 날렸다.

"이딴 짓하지 말라고 그랬잖아."

─…….

상대의 반응이 없자 유천이 한마디 했다.

"이 자식 죽여도 돼?"

─…….

다시 한 번 상대방의 말이 없었다.

"죽이라는 걸로 해석할게."

—그러지 말지.

"그럼 어쩌라는 거야?"

—빨리 오면 되지 않는가.

상대의 목소리에 유천이 버럭 화를 냈다.

"내가 바쁘다고 그랬지. 이 친구한테 물어봐. 내가 지금 얼마나 골치 아픈지."

—우리도 바쁘다네.

"그건 너네 사정이고. 다시 한 번 이런 일이 생기면 각오해. 그리고 너 이름 뭐야?"

—내 이름 말인가?

전화기에서 주춤거리는 목소리가 들렸다.

"너는 내 이름을 알고, 나는 네 이름은 모르고. 불공평하잖아?"

—…야나무라고 한다.

"물론 진명은 아니겠지?"

—지금 그게 중요한가?

야나무의 말에 유천이 피식 웃었다.

"하긴. 그럼 이놈은 내가 알아서 하지."

—살려주지…….

"지시하지 마."

툭 끊어버리는 유천이 쓰러져 있는 알라문을 봤다.

알라문은 이미 거의 체념한 상태로 그저 유천의 처분만 기다리는 표정이다.

이 정도면?

기선을 잡은 유천이 알라문에게 친절하게 물었다.

"하나 묻지. 물론 대답은 자유야."

"……."

이미 두려움에 질린 알라문이 온몸을 부르르 떨 뿐이다.

유천은 그런 그를 보며 시큰둥하게 입을 열었다.

"니네 돈 많아?"

"돈이요?"

"그래, 오랫동안 모은 돈 있… 잖아?"

"모릅니… 다."

알라문이 고개를 젓자 유천의 얼굴에 냉기가 서렸다.

"그래? 또 시작하자."

"잠깐만… 요."

"싫은데."

유천이 손을 들자 기겁한 알라문이 소리쳤다.

"아는 걸 물으십시… 오."

"아는 거?"

"네, 제가 아는 건 모두 답하겠… 습니다."

"해봐."

유천의 말에 알라문이 멍해졌다.

"하라뇨?"

"아는 거 불라고."

유천의 고단수 수법이다.

자신은 저들에 대해 거의 알지 못한다. 가급적 알라문의 입에서 최대한 많은 정보를 얻어야 했다.

그러기 위해선 무작위 진술이 필요했다.

다행히 알라문은 이미 유천에게 완전히 굴복한 후였다. 거의 조건 반사식으로 아는 모든 걸 술술 털어놨다.

"우리는 석함을 늘 주시하면서 인연을 얻을 자를 기다렸습니다. 그리고 그 이유는 아직 마지막 비전을 얻지 못해……."

유천의 입장에선 새로운 정보가 머릿속에 쏙쏙 박혔다.

알라문은 오로지 살기 위해 십여 분간 실토했다.

"…여기까지가 제가 아는 겁니다."

유천이 알라문을 보며 마음속으로 중얼거렸다.

'복도 없는 놈.'

사실 유천의 대응이 심하긴 했다.

그러나 이한결과의 불쾌한 기억이 지워지기도 전에 온 알라문이었기에 응징도 더욱 강해졌다.

"그만하자."

유천은 길게 끌고픈 마음을 깨끗이 지웠다.

잠시 생각하던 유천이 바로 알라문의 여권을 집어던졌다.

"꺼져. 이 시간 이후로 다시 한국 땅에서 보이면 넌 죽어."

그 말과 동시에 유천은 혼자 산을 내려갔다.

여기서 알라문을 죽여 봐야 귀찮은 일만 발생할 뿐이다.

"새끼가."

어차피 들어가면 해결될 일이기도 했다.

집에 돌아오자 어머니가 물었다.

"누구니?"

"외국에서 아는 사람이었습니다."

"그런데 왜 같이 안 들어오고?"

"바쁜 일이 있다고 갔습니다. 어머니 안부를 전해달라더군
요."

"그랬니?"

다행히 어머니는 더 꼬치꼬치 캐묻진 않았다.

방에 들어선 유천은 이한걸을 생각하자 골머리가 지끈거
렸다.

아무래도 쉽게 넘어갈 문제가 아니었다.

"비상 경영이라."

골치 아픈 단어였지만 유천에겐 현실이었다. 이젠 최악의
상황을 슬기롭게 극복하는 일만 남았다.

"말처럼 쉬우면."

유천의 중얼거림대로 난제는 난제였다.

유천은 현실을 냉정하게 분석했다.

상대는 돈을 주체하기 힘든 인물이다. 그가 싸움을 걸어온
다면?

자본력에선 승산이 없었다.

그러나 유천은 호락호락 물러설 생각이 전혀 없었다.

"작은 고추가 맵다는 걸 보여주지."

오로지 한마음이었다.

무슨 수를 써서라도 이한걸에게 호된 맛을 보여줘야 했다.

"차라리 힘으로 한다면 편한데."

하지만 상대가 그리 나오질 않았다.

결국 사업적으로 경쟁해서 이겨야 할 판이다.

그러나 유천은 믿는 바가 있었다.

열심히 해보고 안 되면?

그땐 완전히 요절을 낼 생각이다.

비장의 무기가 있기에 유천은 태연자약했다.

이후 유천의 머리는 정신없이 모든 경우의 수를 떠올리고
지웠다.

현실적으로 가장 최선이 뭔지를 찾아내야만 했다.

한참 후.

유천이 빙긋 웃으며 간단하게 결론을 내렸다.

"그래, 넌 있는 새끼, 난 없는 놈. 그러니 대가리 깨지게 싸워보자."

유천은 마음이 훨씬 편해졌다.

자신은 모든 것을 잃는다고 해도 다시 일어설 자신이 있다.

그러나 상대는 오로지 돈의 힘으로 살아온 인간이다.

"그런 인간이 좌절한다면 다시 설 수 없어. 결국 내가 이기는 거야."

유천이 주먹을 불끈 쥐며 자리에서 일어섰다.

이젠 편히 쉴 시간이다.

2장

주고받고

　다음 날 오전 수리 센터에 도착한 유천을 마중 나온 건 어두운 표정의 이주봉이었다.

　"사장님, 큰일 났습니다."

　유천이 부드럽게 말했다.

　"주봉아."

　"네, 사장님."

　"둘이 있을 때는 그냥 형이라 불러도 돼."

　"아닙니다. 회사 내에서는 절대 그럴 수 없습니다. 저도 실수할 수 있습니다."

"그럼 네 편한 대로 하고."

유천도 더 이상 그쪽에 대해서는 말하지 않았다.

"그런데 큰일이라니? 더 큰일이 벌어졌어?"

유천은 어떤 일에도 당황할 얼굴이 아니었다.

이주봉은 천천히 유천의 눈치를 보며 한마디 했다.

"저희 회사 앞에 대형 외제차 수리 센터가 들어선 답니다."

"그건 또 무슨 소리야?"

유천이 고개를 갸웃거리자 이주봉이 차분히 설명했다.

"누군지 모르겠지만 상도덕이 아예 없는 놈입니다."

"상도덕?"

"본래 수리 센터가 있으면 그 주변으로 동종 업계가 들어오는 건 아니지 않습니까?"

"그건 예의가 아니지."

유천이 시큰둥하게 말하자 이주봉이 입에 침을 튀겼다.

"그런데 바로 이 옆에 세운다는 겁니다. 우리보다 몇 배 큰 규모로요."

유천은 어찌 된 일인지 한눈에 알아봤다.

그러나 유천은 당황하기보다는 오히려 이주봉에게 물었다.

"우리가 받을 피해는?"

"상상하기 힘듭니다. 지금도 자동차 보험에서 사고차를 아예 주지를 않아서 아주 고전이거든요."

"그래서 적자냐?"

유천이 핵심을 묻자 이주봉이 머뭇거리다 대답했다.

"아직까지 적자는 아닙니다만, 저기까지 들어선다면 적자로 돌아설 수 있습니다."

"그래?"

유천은 의외로 태연한 목소리로 고개를 끄덕였다. 이주봉은 답답한 듯이 말했다.

"그렇게 편안하게 생각할 게 아닙니다."

"그럼 어떻게 생각할까?"

"네?"

이주봉이 멍한 표정을 짓자 유천이 손가락을 가리켰다. 거긴 새 단장하기 바쁜 수리 센터가 보였다.

"저거 짓는 거 뭉갤까?"

"사장님."

"그냥 지켜보자."

유천이 걸음을 옮기려 하자 이주봉이 다시 막았다.

"또 소식이 있습니다."

"그건 또 뭐냐?"

"신입사원들이 다 사표를 냈습니다."

"사표? 죽을 때까지 해보겠다니, 왜 그래?"

"저도 이유를 모르겠습니다. 다만 그만두겠다고 하더군요."

이주봉의 맥없는 말에 유천이 어깨를 쳤다.

"잘됐네."

"네? 잘되다니요."

"적자가 날 거라며? 인건비라도 줄여야지."

"사장님."

이주봉의 볼멘소리에 유천이 한마디로 말했다.

"사람이 한참 뛰다 보면 말이야 가끔 서가지고 차도 한 잔 마실 때가 있어야지."

"차라니요?"

"지금이 그때야. 가서 차 한 잔 하자."

유천이 태연하게 사무실로 걸음을 옮기자 이주봉이 고개를 저었다.

"저 배짱은 도대체 어디서 나오는 거야?"

아주 작은 목소리로 말했지만 유천에게는 또렷이 들렸다.

"머리에서 나온다."

"들으셨습니까?"

"들으라고 떠든 거 아니야?"

"그건 아닙니다."

이주봉이 정색하자 유천이 더 이상 쳐다보지 않고 말했다.

"차 맛 떨어진다. 어서 가자."

유천이 걸음을 옮겼다. 태연하게 말했지만 유천도 속은 부글부글 끓고 있었다.

'이한걸, 그놈 짓이 분명하지?

그렇지 않다면 이렇게 우연의 일치가 있을 수 없다.

띠리릭—

그때 휴대폰이 울자 유천이 기다렸다는 듯이 받았다. 누군지는 번호를 보지 않아도 알 정도였다.

"여보세요."

—좋은 아침?

"그렇지. 너한테만 좋은 아침이지."

유천의 한마디에 이한걸이 느물거리며 물었다.

—어때, 차 한 잔 마실까?

"고마운데 우리 직원하고 마시기로 했어."

—다시 한 번 생각해 보는 게 어때?

"아니. 돈지랄 좀 구경해 보려고. 끊는다."

유천은 휴대폰을 주머니에 집어넣었다. 뒤따라오던 이주봉이 한마디 했다.

"무슨 전화입니까?"

"개 같은 전화."

짤막한 유천의 말에 이주봉도 더 이상 말하지 않았다.

띠리링.

휴대폰이 울리자 유천은 가슴이 철렁 내려앉았다. 요즘 들어서 좋은 연락은 받아보기가 힘들었다.

"소르셸르리가 아니네?"

그녀가 아니라면 좋지 않은 일이 분명했다. 더군다나 확인해 보니 박성진의 번호였다.

나쁜 일일수록 피하지 말라는 격언대로 유천이 얼른 받았다.

"무슨 일이냐?"

—큰일 났어.

"이야기해 봐. 말을 해야 알아듣지."

—우리 학원 맞은편에 대형 프랑스 유학원이 생겼어.

"프랑스 유학원?"

유천이 엉겁결에 대꾸하자 박성진이 자세히 설명했다.

—그런데 돈이 좀 있는 덴가 봐. 우리보다 유학비도 싸고 현지 시설도 빵빵한 거 같아.

"그래? 타격이 좀 있을 거 같아?"

유천이 묻자 박성진의 대답이 들렸다.

—벌써 학생들이 이쪽보다는 저쪽으로 많이 들어가는 게 보이는데?

"알았어. 얼마나 됐어?"

—3일 됐는데 학생 수가 상당히 줄었어.

"어느 정돈데?"

—상당수라니까.

박성진도 그리 좋지 않은 기분인 모양이다. 하긴 수입이 줄어드는데 좋아할 사람은 아무도 없다.

유천은 그런 박성진에게 냉정하게 물었다.

"운영이 힘들어?"

—이익이 많이 줄었어.

"적자야?"

—아직까지 적자는 아니야. 미리 보낸 유학생에게서 나오는 수입이 있어 괜찮아.

박성진의 말에 유천이 담담하게 말했다.

"그럼 버텨 봐."

—유천아, 다른 방법을 생각해 봐야 되지 않겠어? 이쪽에서도 뭔가 대응책을 내야 돼.

박성진의 말에 유천이 말했다.

"돈 쏟아부으라고?"

—아니, 그게…….

"그런 짓은 안 해. 우리는 프랑스 교육부하고 연관이 되어 있잖아."

유천의 말은 그다음 박성진의 대답으로 무참하게 씹혔다.

─저쪽도 프랑스 교육부와 연결이 됐나봐.

"뭐?"

유천은 그제야 살짝 가슴이 출렁거렸다.

저쪽도 프랑스 교육부와 연결됐다면 이쪽에서 유리한 것은 아무것도 없었다.

유천이 고민에 빠진 사이 박성진의 말이 들려왔다.

─이대로라면 학원 문 닫아야 될지도 몰라. 가격을 내리지 않는다면.

"가격을 내린다면 적자 나잖아."

─아직까지는 마진폭이 커서 괜찮은데 저쪽과 맞춘다면 당연히 적자야. 저쪽은 자본으로 밀어붙이거든. 이쪽으로 좀 올 수 있어?

"아니야. 그럴 필요는 없어. 알았으니까 열심히 해봐."

유천이 해줄 수 있는 말이었다.

유천은 전화를 끊자마자 피식 웃었다.

"이 새끼 끝까지 가자는 거지?"

유천은 잠시 생각하다 머리가 아픈 듯 곧바로 휴대폰을 들었다.

"성진이냐?"

―그래, 무슨 일이야?

"오늘 얼굴 좀 보자."

―나도 네 얼굴 보고 싶어, 인마.

박성진의 반가운 목소리가 들렸다. 유천은 그런 성진에게 한마디 했다.

"그쪽으로 갈게."

―기다리마.

통화를 마친 유천은 곧바로 차를 몰고 유학원 쪽으로 향했다.

유학원의 사무실 귀퉁이에 있는 소파에 유천과 성진이 자리했다.

이미 직원들은 모두 퇴근하고 유학원에는 두 사람밖에 없었다.

유천이 미처 말하기도 전에 박성진이 선수 쳤다.

"이제 유학원 어떻게 할 거야?"

"뭘 어떻게 해?"

"이대로 가면 망하는 건 시간문제인데?"

"그거보다 더 중요한 일이 있어."

"뭐가 더 중요하냐? 이게 크지. 너 내 인생 책임진다고 했잖아."

박성진의 말에 유천이 싱긋 웃었다.

"유학원 망한다고 너 하나 책임 못 질 거 같아?"

"외제차 수리 센터도 휘청거린다며, 도대체 무슨 일을 저지른 거야?"

"그것까지는 알 거 없고."

"알 거 없다니. 야, 여긴 내 직장이야!"

박성진의 강한 반발에 유천이 눈빛을 부드럽게 했다.

"걱정하지 말고 하나만 물어보자."

"말해봐라."

약간은 신경질적인 박성진의 말에도 유천은 끄덕하지 않았다.

유천은 마음에 담았던 질문을 내뱉었다.

"만약에 말이야. 우리나라에서 손꼽히는 재벌기업이 있다고 쳐."

"답답하네. 빨리 얘기해 봐."

"그런 기업에서 어려운 의뢰를 받아 성사시킨다면 반대급부로 뭘 요구해야 될까?"

"부탁의 상한선은?"

박성진은 냉철한 인텔리다운 질문을 던졌다. 유천은 그의 말에 즉각 화답했다.

"상당히 큰 조건도 괜찮아."

"갑자기 뚱딴지같이 그런 소리는 왜 해?"

"그냥 대답만 해줘봐. 평소에 생각한 거 없었어?"

유천이 한마디 하자 잠시 생각하던 박성진이 말했다.

"나라면 말이야. 제4이동통신을 달라고 하겠어."

"제4이동통신? 통신사 말이야?"

"그래, 그걸 딴다면 대박이지."

"그게 그렇게 힘들어?"

유천이 묻자 박성진이 혀를 내둘렀다.

"보통 힘든 게 아니야. 지금 우리나라 통신사 전부 대기업 이잖아."

"그렇지."

"그 대기업이 자기 밥그릇을 나눠주려고 하겠어?"

"아, 그래서 힘든 거구나."

유천이 고개를 끄덕이자 박성진이 말했다.

"딸 수만 있다면 그야말로 돈방석에 앉는 거지."

"그래?"

유천이 호기심을 보이자 박성진이 인상을 구겼다.

"지금은 그런 쓸데없는 소리하지 말고, 도대체 이 학원은 어떻게 할 거야?"

"일이 잘 풀릴 거야. 걱정하지 말고."

"적자가 날 판인데?"

"신경 쓰지 말고 운영 잘해. 조만간에 잘 해결될 거야."

"도대체 무슨 꿍꿍이인지 모르겠다. 저쪽은 돈으로 밀어붙이는데 감당이 안 돼."

"세상에는 돈보다 더 무서운 것도 있어."

유천이 의미심장한 말을 던지자 박성진이 움찔했다.

"혹시 너⋯⋯."

"내가 뭐?"

"가서 난리 치려는 거 아니야?"

"그런 생각은 전혀 없어. 걱정하지 마. 오늘 좋은 얘기 들었다. 가서 식사나 할까?"

"그럴 기분 아니야. 지금 서류 정리할 게 많아."

"보너스 줘야겠네."

유천이 농담을 던지자 박성진이 인상을 구겼다.

"됐어, 인마. 이익도 안 나는 학원에서 보너스 받고 싶은 마음 없어."

"조만간 받게 될걸? 정말 식사하러 안 갈래?"

"바쁘다니까."

"그래, 나중에 또 보자."

유천은 더 이상 강권하지 않았다. 천천히 일어서자 박성진이 말했다.

"야, 그렇다고 그냥 가냐?"

"밥 먹을래?"

"그래, 배고프다, 인마. 일하고 와서 밥 먹어야지."

"그러자."

두 사람은 어깨를 나란히 하고 유학원을 나섰다.

한정식 집에서 오랜만에 배를 채운 두 사람의 얼굴이 편해졌다.

그제야 유천이 홀로 생각했던 걸 박성진에게 물었다.

"너 혹시 스카우트 제안 안 왔냐?"

"왔지."

너무도 깔끔한 대답에 유천이 당황할 지경이었다.

"그런데 왜 안 갔어?"

"좀 더 지켜보려고."

박성진의 말에 유천이 싱긋 웃었다.

"완전히 망하면 갈 생각이야?"

"그땐 나도 움직여야겠지만 뭐 지금 월급이 밀리는 것도 아닌데 내가 왜 가?"

"고맙다고 해야 되냐?"

"아니, 그냥 그렇단 이야기야."

박성진의 대답에 유천이 어깨를 건드리며 물었다.

"우정이냐?"

"최소한 친구 뒤통수치고 갔다는 소리는 듣고 싶지 않다."

"그런 새끼들도 있더라."

"이야기 들었어. 수리 센터에 간 놈들이 다 스카우트돼서 나갔다고 그러더라."

박성진의 쓸쓸한 말에 유천이 약간 어이없는 말을 내뱉었다.

"친구라고 다 친구가 아니더라. 세상사 돈이 중요한 놈들도 있지. 넌 안 그래?"

"난 어디든지 갈 자신 있다니까."

좋은 학벌을 가진 박성진다운 대답이었다.

"자식."

"그나저나 하나 궁금한 게 있어."

박성진의 말에 유천이 고개를 갸웃거렸다.

"뭐?"

"전에 너 미팅사이트인 해피이벤트에서 소개받았던 여자 말이야. 도대체 어떤 꼼수로 받은 거냐?"

"그냥 받았어."

"좀 속 시원하게 대답해 줘라."

박성진의 말에 유천이 자리에서 일어섰다.

"지금 그런 이야기할 때가 아니다. 열심히 해라."

유천은 정확한 답을 피했다.

공연히 대답해서 박성진의 자존심을 건드릴 필요는 없었

다. 더군다나 박성진에 대한 감정이 조금씩 좋아지는 시점이
다.

　서로 트러블 생길 일은 피하는 게 좋다.

　다음 날 오후.

　유천은 머릿속으로 이한걸에게 보복할 여러 가지 수단을
생각했다.

　그러나 의외로 이한걸을 엿 먹일 방법은 간단했다.

　"제대로 엿 먹여주마."

　유천은 빙그레 미소 지으며 소르셀르리에게 연락했다.

　"오늘 시간 어때?"

　―나야 한가하지. 언제?

　"퇴근 후에 만나지."

　―좋아. 늘 보던데?

　"거기서 보자고."

　유천은 짤막하게 용건만 말하고 통화를 끊었다. 그리고 팔
짱을 끼고 창밖을 바라보며 빙그레 미소 지었다.

　"속 터져 봐라."

　유천은 곧바로 이주봉을 불렀다.

　"주봉아, 한 가지만 생각하면 돼."

　"뭐 말입니까?"

"수리 센터는 계속 간다."

"어려우실 텐데요. 상대가 너무 셉니다."

이주봉의 말에 유천이 싱긋 웃으며 말했다.

"일단 견습생들을 불러."

"알겠습니다."

이주봉은 약간 맥이 빠진 목소리로 말하고 사무실을 나섰다.

유천이 잠시 앉아 기다리자 곧바로 사람들이 우르르 다가왔다.

낯익은 얼굴들을 보자 유천이 한마디 했다.

"이야기는 들었지?"

끄덕.

다들 무거운 표정으로 고개를 끄덕였다.

유천은 그들의 마음을 한눈에 알 수 있었다.

어렵게 얻은 직장에 앞으로 미래가 보이는가 했더니만 먹구름이 밀려오는 모습이었다.

유천은 그들에게 조용히 말했다.

"한 가지만 약속하지. 수리 센터 문 안 닫습니다."

"정말입니까?"

이주봉의 친구 중 한 명이 달려들자 유천이 싱긋 웃었다.

"약속하면 지켜."

"믿겠습니다. 그런데 힘드시지 않겠습니까?"

약간 우려 섞인 목소리에 유천이 한마디 했다.

"이 정도에 무너질 거면 세우지도 않았어. 그리고 기다려."

이야기를 마친 유천이 다들 내보냈다. 이주봉이 혼자 남아 유천에게 물었다.

"외국 기술자는 어떻게 하실 겁니까?"

"지켜보면 알아."

"무슨 언질을 하셔야지 않겠습니까? 다들 불안해하고 있습니다."

"내가 월급 안 줬어?"

"그건 아닙니다만."

"그럼 내버려 둬. 그리고 혼자 있고 싶다."

유천은 그 말을 마치고는 이주봉까지 몰아냈다.

잠시 사무실에서 느긋하게 소파에 누워 망중한을 즐겼다.

"좋네."

아슬아슬한 상황이지만 유천의 마음은 차갑게 내려앉았다.

이제 저녁이 되면 이한걸의 뒤통수를 제대로 칠 수 있단 생각에 즐거웠다.

"한 대 맞았으면 두 대로 돌려줘야지."

유천의 입가에 사악한 미소가 새겨졌다.

그날 저녁.

프랑스 대사관 앞에 차를 주차시킨 유천이 느긋하게 소르셀르리를 기다렸다.

그런데 소르셀르리가 오기 전에 휴대폰 벨소리가 먼저 울렸다.

띠리릭.

울리던 휴대폰을 바라보던 유천이 짐작했다는 듯이 빙긋 미소를 지었다.

"무슨 일이야?"

─돌아가지.

이한걸의 낮은 목소리에 유천이 비웃었다.

"내가 왜?"

─후회할 거야.

"그럴 일은 없어."

유천이 차갑게 대꾸하자 이한걸의 목소리가 들렸다.

─마지막으로 경고하지. 그냥 돌아가.

"내가 그럴 이유가 있나?"

─지금 돌아간다면 조금 고려해 보지.

"고려하지 마라. 그리고 한마디 더 할까?"

―말해봐.

이한걸의 목소리도 점점 높아져 갔다.

유천은 그런 이한걸의 목소리를 즐기며 한마디 했다.

"오늘 밤 아주 화끈하게 보낼 생각이야."

―이런 미친!

"미치다니. 좋아하는 사람끼리 그럴 수 있는 거 아니야? 그걸 왜 네가 방해해?"

―후회할걸!"

"눈물 나게 해주면 고맙고."

유천이 비꼬듯 말하자 이한걸이 즉각 대꾸했다.

―그냥 돌아간다면 숨통 조이는 걸 조금 늦춰주지.

"아니, 그럴 필요 없어. 팍팍 조여."

유천이 그대로 휴대폰을 끊었다.

그러나 얼마 지나지 않아 휴대폰이 요란하게 울리자 유천이 인상을 찌푸렸다.

"자식, 귀찮게 하긴."

유천은 바로 배터리까지 빼버려 집어던졌다.

"이제 좀 조용하네."

전화를 몇 번씩 걸어도 유천은 받지 않았다.

이한걸이 얼굴이 붉게 달아오른 채 이를 부득 갈았다.

"이 자식이!"

화가 머리까지 치민 이한걸이 곧바로 휴대폰 번호를 눌렀다.

"나야. 지금부터 내가 하는 말 잘 들어. 그러니까……."

한참을 얘기한 후 휴대폰을 내려놓은 이한걸이 책상 위에 팔을 올려놓고 눈빛을 번쩍였다.

"감히!"

이제는 자존심 문제였다.

물론 매력적인 소르셀르리에 대한 욕심도 있었지만 또 한편으로는 자존심을 무참히 짓밟은 유천에 대한 증오감이 차올랐다.

"후회하게 해주지."

차가운 광망이 눈빛에 일렁거렸다.

한편 차 안에서 지루함에 겨워 유천이 머리에 팔짱을 끼는 순간 조수석 문이 열렸다.

"많이 기다렸어요?"

소르셀르리가 밝은 표정으로 조수석에 앉자 유천이 슬며시 손을 잡았다.

"애가 탔어."

"정말이에요?"

"반쯤은. 가자. 일단 식사부터 하자고."

"그럴까요?"

소르셀르리가 환한 목소리로 말했다.

아직 그녀는 아무것도 모르는 눈치였다. 유천은 차라리 그런 소르셀르리가 편했다.

부웅!

시동을 건 유천이 바로 서울 시내를 벗어났다.

얼마 후 근사하게 저녁 식사까지 마친 유천이 교외에 있는 모텔 앞에 차를 세웠다.

이제는 자연스러운 듯 소르셀르리가 문을 열고 밖으로 나갔다.

유천이 내리는 순간 요란한 소리가 들렸다.

끼익. 끽!

봉고차 두 대가 좌우로 서더니 차 안에서 젊은 청년들이 우르르 내렸다.

유천은 눈빛을 반짝이며 그들을 바라봤다. 분명히 자신을 노리고 온 자들이란 육감이 들었다.

"이한걸이 보냈겠지."

유천이 느긋하게 그들을 바라보는 순간 그중 한 사람이 유천에게 다가서며 말했다.

"그냥 돌아가시죠."

"누구신지?"

"그저 돌아가시면 됩니다."

말투는 부드러웠지만 거의 강요를 넘어서 협박 수준이었다.

옆에 있던 소르셀르리가 인상을 찌푸렸다.

그러나 유천은 소르셀르리의 손을 살며시 잡고 한마디 했다.

"차에 좀 앉아 있어."

"도와줄까요?"

"아니. 이 정도면 충분해."

"하긴요."

유천의 실력을 잘 알고 있는 소르셀르리이기에 더 이상 말하지 않고 시선을 돌렸다.

유천은 차 문을 닫기 전에 소르셀르리에게 조용히 말했다.

"몸 풀고 들어가면 더 나을 거야."

소르셀르리는 말없이 빙그레 미소 짓기만 했다.

철컥.

소르셀르리를 차 안에 태우고 문을 닫은 유천이 청년들에게 말했다.

"자, 이쪽으로 오시죠."

"어딜?"

"아무래도 여긴 좀 시끄러우니까 저쪽 조용한 산에서 얘기합시다."

유천이 서둘러 걸어가자 청년들이 어이없다는 듯이 바라봤다.

"저걸 어떻게 하면 좋습니까?"

"하던 대로 하자고."

맨 앞에 있던 남자가 유천의 뒤를 따랐다.

뒤를 이어 모두 여덟 명의 남자가 유천의 뒤를 따라 우르르 모텔 뒤에 있는 뒷산에 올랐다.

3장

상대의 약점

　유천은 평평한 곳에 자리를 잡고 팔짱을 낀 채 그들을 기다
렸다.

　마침내 여덟 명이 다가오자 유천이 입을 열었다.

　"시작하자."

　"뭘 말이야."

　"이 산까지 와서 할 게 뭐 있겠냐."

　"여자와 그냥 돌아가면 돼."

　남자의 말에 유천이 어깨를 으쓱거렸다.

　"싫거든."

"결국 뜨거운 맛을 봐야겠나?"

"글쎄, 일단 시작해 보자고."

유천은 더 이상 길게 말하고 싶은 마음이 없었다.

맨 앞에 있던 남자가 잠시 그런 유천을 노려본 후 으스스한 느낌을 주며 말했다.

"지금이라도 그냥 돌아간다면 끝이야."

"그렇게 못하겠는데."

"꼭 당해 봐야 맛을 알겠다는 건가?"

남자의 인상이 일그러졌으나 유천은 말없이 바라볼 뿐이다.

"굳이 당하겠다면."

남자가 슬쩍 뒤로 손짓하자 두 명의 남자가 앞에 섰다. 그들은 천천히 자세를 바꾸고 유천을 향해 다가왔다.

유천은 고개를 끄덕이며 그들 세 명을 지켜봤다.

'각이 있어.'

특전사에서 온갖 특공무술을 배운 유천이기에 저들의 동작을 한눈에 알아봤다.

저들은 절대 무식하게 힘과 깡으로 무장한 길거리 싸움꾼이 아니다.

제대로 된 무술을 익힌 자들이다.

거기다 더욱 무서운 건 몸짓 하나하나에 임기응변이 보였다. 그렇다면 수많은 실전경험까지 쌓았다는 이야기다. 저들이 어떻게 경험을 쌓았는지는 중요하지 않았다.

가장 중요한 건 그들을 이겨야 한다는 것이다.

저벅저벅.

유천은 천천히 그들에게 다가섰다.

상대에게 더 이상 시간을 줄 필요는 없다.

"손봐 줘."

남자의 지시가 떨어지자 청년들이 순발력 있게 움직였다.

걸음 하나하나에 힘이 실려 있어 예사로운 기운이 아니었다.

휙!

곧바로 주먹이 날아오고 허리를 노리고 발길질이 날아왔다.

"좋은 수법."

유천이 중얼거렸다.

허리 위로 발차기를 가하면 몸의 균형이 무너져 상대에게 역습당하기 쉽다.

그것을 잘 아는 그들은 유천의 허리 아래를 노리며 공격해 왔다.

거의 완벽하게 몸의 균형을 잡고 움직이는 모습이 아름다웠다.

누가 봐도 남자는 강한 모습을 보일 때 아름다운 법이다.

유천은 상대의 아름다움은 인정하지만 그 희생양이 되고 싶진 않았다.

파박!

유천의 손이 번개같이 상대의 발을 막자 쇠망치 같은 충격이 상대에게 전해졌다. 마나가 실린 일격이 그리 만만할 리 없었다.

그나마 유천이 사정을 봐줘서 이만큼이었다.

"음?"

상대가 움찔하며 물러서는 순간 유천의 돌려차기가 빗살처럼 날아갔다.

워낙 반사적인데다가 스피드가 빨라 공격을 피하긴 어려웠다.

퍼벅!

돌려차기의 위력은 무시무시했다.

앞선 사람의 복부를 강타하고 그 여파를 몰아 옆에 있는 남자까지 강타했다.

"커억!"

"억!"

단 한 방이지만 살벌한 위력에 두 명이 수수깡처럼 힘없이 쓰러졌다.

"후, 개운하네."

몸을 푼 유천은 남아 있는 남자를 향해 다가섰다.

남자의 안색이 살짝 변했다.

"잡아라!"

남자의 지시에 따라 뒤에서 지켜보던 다섯 명이 우르르 유천에게 달려들었다.

파바바박!

순식간에 빠른 동작으로 공격과 방어가 오갔다.

순간 유천은 마나의 힘을 쓰기보다 자신의 순수한 근력으로 싸우고 싶은 충동을 느꼈다.

강한 적에 대한 예의이기도 했다.

타닥! 타닥!

상대가 무기를 쓰지 않자 유천은 곧 힘으로 맞부딪치기 시작했다. 물론 마나로 몸을 보호하는 편법을 살짝 쓰기도 했다.

무식하게 몸으로 얻어맞는 불상사는 절대 사양이었다.

휙.

머리로 주먹이 날아오자 유천이 슬쩍 고개를 돌려 피하며 바로 팔꿈치로 냅다 상대의 가슴을 가격했다.

"큭!"

짧막한 신음 소리와 함께 팔꿈치에 가슴을 맞은 남자가 철

퍼덕 주저앉았다. 워낙 충격이 큰 탓인지 눈동자가 스르르 풀렸다.

유천의 손속은 빨랐고 상대의 급소를 노려갔다.

물론 급소를 정통으로 치면 큰 데미지를 입게 마련이다.

유천은 최대한 넓은 면적으로 급소를 강타해 치명상은 면하게 했다.

퍽.

한 방에 한 명씩 쓰러졌다.

유천의 몸놀림은 상상 이상으로 빠르고 강했다. 아무리 운동으로 단련된 청년들이지만 유천의 공격을 견디기 힘들었다.

"윽!"

낮은 비명 소리.

그리고 흙 위를 뒹구는 청년들이 늘어만 갔다.

짧은 접전이 끝나자 남아 있는 건 남자 혼자뿐이었다. 남자는 놀란 눈을 뜨고 유천을 바라봤다.

"어떻게……."

"상대를 공격하려면 미리 상대에 대해 알아봐야 되는 거 아닌가?"

휘익!

유천의 주먹이 날아가자 남자가 고개를 돌려 피하려 했으나 그것이 유천의 노림수였다.

유천은 곧바로 몸을 회전시키며 오른발로 남자의 허벅지를 노려 찼다.

워낙 빠른 스피드였기에 남자가 피할 세도 없었다.

남자가 손을 들어 막았으나 유천의 오른발은 그의 손을 뭉개 버리며 그대로 허벅지에 꽂혔다.

퍽!

"크윽!"

남자는 신음과 함께 땅바닥에 쓰러졌다.

"끝인가?"

유천은 주변이 다 정리되자 남자에게 다가서며 말했다.

이미 잠깐의 시간을 준 터라 남자가 고통에서 벗어났다.

그러나 바로 움직이기에는 충격이 너무 컸다.

유천은 남자에게 입을 열었다.

"갑자기 시비가 붙은 일이란 개소리는 하지 마."

"……."

남자가 침묵하며 쳐다보자 유천이 말했다.

"누가 보냈어?"

"말할 수 없다."

"말하게 될걸?"

유천이 남자에게 다가서 그의 허벅지를 지그시 눌렀다. 이젠 상대를 제압하는데 허벅지를 노리는 것이 습관화됐다.

"아악!"

남자의 입에서 고통스러운 비명이 터져 나왔으나 유천은 망설임없이 허벅지를 누른 발을 서서히 움직였다.

"으윽!"

참기 힘든 고통이 느껴졌는지 남자가 온몸을 비틀었다.

유천은 그런 그를 냉정한 시선으로 쳐다봤다. 그리고 잠시 후 발을 뗀 유천이 다시 물었다.

"말해."

"못해."

퍽!

유천이 바로 남자의 가슴을 잡고 그를 일으켜 세웠다.

남자는 힘없이 데롱데롱 유천의 손에 매달린 꼴이 되었다. 유천이 가볍게 남자의 복부를 연타했다.

퍼버벅!

"커윽!"

남자는 급소 주위를 강타당하자 고통에 찬 신음을 흘리기 시작했다.

그러나 아직까지 독이 살아 있는 표정이었다.

유천은 그런 남자에게 다시 한 번 물었다.

"이제 말할 기분이 드나?"

"모른다."

"그래? 아직 정신이 덜 들었군."

유천은 여기저기 골라가며 남자의 급소를 가볍게 연타했다.

"큭!"

남자는 조금씩 비명 소리가 잦아들며 몸을 흐느적거리기 시작했다.

다시 유천이 주먹을 들려는 순간 뒤에서 목소리가 들렸다.

"그, 그만하쇼!"

유천이 고개를 돌리자 청년 하나가 복부를 부여잡고 비틀거리며 외쳤다.

"말씀하세요!"

"말할 수 없어!"

남자가 강하게 거부했으나 청년이 호소했다.

"그러다 크게 당합니다. 그냥 말해주세요."

"못한다니까!"

그러자 청년이 벼락같이 소리쳤다.

"해외에서 받았지 않습니까!"

"해외?"

뚱딴지같은 소리에 유천이 고개를 돌리자 청년이 다시 말했다.

"해외에 있는 분에게 연락을 받았습니다."

"해외라……."

유천은 그 한마디로 짐작할 수 있었다.

보나마나 최종 지시한 자는 이한걸이 분명했다. 하지만 자신의 신분을 숨기기 위해서 해외에 있는 누군가를 이용한 것이 분명했다.

잔머리는 인정할 만했다.

'치밀한 자식.'

유천이 빙긋 웃으며 다시 남자를 바라보며 말했다.

"진작 말하지."

"……."

남자는 아무 말 없이 유천을 노려봤다.

"다 좋은데 이렇게 살지는 마. 왜 신성한 젊은 남녀의 연애 사업을 방해하고 그래? 여기까지 와서 말이야."

유천은 뒤로 돌아섰다.

나름 깔끔한 모습을 보이는 적에게 마지막을 추잡하게 끝내고 싶지 않았다.

유천이 걸어가자 뒤에서 남자가 말했다.

"이대로 끝인가?"

"그럼 더 하고 싶나?"

"······."

아무런 답이 들리지 않았다.

유천은 그길로 천천히 산을 내려와 다시 차 쪽으로 다가갔다.

유천이 소르셀르리를 바라보자마자 번쩍 손을 들고 인사하다 말고 멈칫했다.

소르셀르리는 뜻밖의 모습을 보이고 있었다.

소르셀르리가 한 남자의 오른팔을 꺾고 있었다.

유천이 서둘러 그녀에게 다가가자 소르셀르리가 빙긋 웃으며 말했다.

"저도 놀고 있진 않았어요."

"어떤 놈이야?"

"같은 일행인데 절 끌고 가려고 하더군요."

"이 새끼는 납치범이네."

유천이 말하자 소르셀르리에게 팔이 꺾이던 남자가 이마에 식은땀을 흘리며 변명했다.

"그, 그게 아니고."

"그게 아니면 뭐야? 끌고 가려고 했다며."

"모시고 오라는 부탁······."

퍽!

유천의 주먹이 바로 남자의 옆구리에 꽂혔다. 남자는 고통에 온몸을 부르르 떨며 신음을 토했다.

"으으으."

"이 새끼, 말도 안 되는 변명을 하고 있어. 너 납치범 맞잖아. 내가 경찰에 데려가진 않을게. 대신."

유천이 남자의 목을 잡고 질질 끌고 갔다.

뒤에 서 있던 소르셀르리는 아무런 표정도 없이 팔짱을 낀 채 그 모습을 바라볼 뿐이었다.

그녀도 정보계통에 근무를 하다 보니 이 정도 일은 일상다반사였다.

숲으로 남자를 끌고 간 유천은 그를 미친 듯이 두들겨 팼다.

"야, 이 개새끼야."

"그, 그만."

"지저분한 새끼."

"제발……."

유천은 시쳇말로 뚜껑이 열렸다.

자신의 애인을 납치했던 남자를 용서할 수 있는 사람은 없었다.

유천은 거의 곤죽이 되도록 남자를 팼다.

얼마나 두들겨 팼던지 남자는 흐느적거리다 못해 아예 누워 있을 기운도 없어 보였다.

유천이 쓰러진 남자의 곁에 쭈그리고 앉아 귀에 대고 말했다.

"신고하고 싶으면 해. 대신 넌 납치범으로 한참 감옥에서 살아야 될걸? 난 정당방위고. 꺼져, 이 새끼야."

퍽!

마지막으로 옆구리를 다시 한 번 걷어찼다.

"끄아악!"

유천은 비명을 지르며 비틀거리는 남자를 거들떠보지도 않았다.

"알아서 기어가."

일을 마치고 돌아온 유천에게 소르셸르리가 바로 입을 열었다.

"어떻게 했어요?"

"적당히 손 봐줬어. 들어가자고."

유천이 그녀의 어깨에 손을 얹자 소르셸르리가 살짝 인상을 찌푸렸다.

"이한걸이라는 인간 참 지저분하네요."

"나도 그렇게 생각해."

"있던 정도 떨어질 거 같아요."

"정이 있었어?"

유천이 조용히 묻자 소르셀르리가 인상을 확 부라렸다.

"어떻게 그런 말을 할 수 있어요?"

"그래, 알았어. 들어가자고."

유천이 승리자의 미소를 지으며 그녀와 함께 모텔 안으로 들어갔다.

유천은 멀리서 이 장면을 상상하고 있을 이한걸을 생각하자 통쾌한 웃음이 터졌다.

'새꺄, 세상에 돈으로 안 되는 것도 있어.'

느긋한 마음으로 모텔 안에 들어섰던 유천이 당황했다.

"방이 없다고요?"

"네, 손님. 만실입니다."

"아니, 밖에 차도 없던데 무슨 만실이에요?"

"좌우간 방이 없습니다."

모텔 주인의 표정을 보니 뭔가 이상한 낌새를 느꼈다.

유천이 모텔 주인에게 낮은 목소리로 말했다.

"당신 모텔이니 괜찮은데, 방이 없다는 거짓말은 하지 마시죠."

"네?"

"이 큰 모텔에서 주차장에 차도 없는데 방이 없다. 누가 믿겠습니까?"

"…좌우간 방이 없습니다."

유천은 주인의 한마디로 사태를 직감했다. 보나마나 이한걸이 모텔을 통째로 빌린 것이 분명했다.

'미친놈, 돈도 많아.'

유천이 빙그레 웃으며 소르셀르리의 손을 잡아끌었다.

"방 없데."

소르셀르리도 이상한 낌새를 눈치챘는지 유천에게 말했다.

"이상하네요."

"많이 이상하지? 괜찮아. 다른 데 가면 되지."

유천이 바로 밖으로 나와 차에 오르자 조수석에 탄 소르셀르리가 다시 물었다.

"혹시."

"그 혹시가 맞을 거야."

"이런."

소르셀르리가 정말 화가 났는지 얼굴이 붉게 달아올랐다.

유천은 소르셀르리의 손을 지그시 잡으며 말했다.

"이렇게 뭔가 시련이 있는 사랑이 좋지 않아?"

"지금 그런 말이 나와요?"

"응. 오히려 나는 좋은데?"

"좋다고요! 그게 무슨 소리예요?"

소르셀르리가 묻자 유천이 말했다.

"어떤 놈이 더 애가 탈 거 같은데?"

"흥! 내가 무슨 물건인 줄 아나?"

소르셀르리가 점점 싸늘하게 말했다.

아무래도 여자의 자존심을 건드린 모양이었다.

유천은 그런 소르셀르리를 보며 이한걸에게 삼가 애도의 뜻을 표했다.

'넌 영원히 텄어.'

소르셀르리의 성격상 이런 일을 당하고 다시 이한걸과 만난다는 것은 있을 수가 없었다.

유천은 오히려 제 꾀에 거꾸로 당한 이한걸을 보고 속으로 통쾌한 웃음을 터뜨렸다.

'하하. 이제 넌 엿 된 거야.'

유천은 곧바로 차를 몰고 밖으로 나가며 말했다.

"좀 더 엿 먹여 줄까?"

"무슨 얘기에요?"

"몇 군데 들려서 가자고."

유천은 일부러 천천히 차를 몰았다.

세 군데 모텔을 가도 결론은 똑같았다. 그 모습을 본 소르셀르리가 어이없다는 듯이 말했다.

"돈이 썩어나는 모양이군요."

"그런 모양이지. 더하기도 귀찮지?"

"김이 빠져요."

"김이 확 올라오게 해줄게."

유천은 바로 방향을 틀어 서울 쪽으로 향했다.

"어디 가는 거예요?"

"좋은 곳."

유천은 빙그레 미소를 짓기만 했다.

소르셀르리도 유천의 뜻을 따르는 듯 더 이상 아무런 말도 하지 않았다.

다만 얼굴에 아직 불만이 풀리지 않은 모양이었다.

유천은 운전을 하는 틈틈이 소르셀르리의 손을 잡아주며 그녀의 마음을 진정시켰다.

그 모습에 조금씩 소르셀르리의 얼굴이 풀리는 순간 유천이 들어선 곳은 서울에서 유명한 신라호텔이었다.

신라호텔에 들어서 프런트에 가서 방을 물었다.

"빈방 있습니까?"

"네, 손님 어떤 방을 드릴까요?"

유천이 직원의 말을 듣고 빙그레 웃었다.

'여기도 통째로 해보지?'

고소한 기분이 들었다.

아무리 이한걸이라 하나 이쪽까지 건드릴 순 없었다.

한국 최고의 재벌그룹 소유인 신라호텔까지 건드리긴 무리였다.

유천은 느긋하게 방을 예약하고는 객실로 올라갔다.

천천히 올라가던 유천은 살짝 시선을 돌려 주변을 바라봤다.

주변에는 한 남자가 자신을 바라보는 모습이 보였다.

"여기도 심어놨어? 수고했네."

유천이 중얼거리자 소르셀르리가 얼른 물었다.

"무슨 말이에요?"

"아니야. 오늘 고생시켜서 미안해."

"아니, 당신 탓이 아니에요. 더 좋네요. 시련이 있는 사랑 괜찮은데요?"

소르셀르리가 빙그레 웃자 유천이 서둘러 객실 안으로 들어섰다.

두 사람이 객실 안으로 들어서자 바로 로비에 있던 한 남자가 말했다.

"객실로 들어갔습니다."

―야, 이!

이한걸의 목소리가 살벌하게 변했다.

휴대폰을 깨질 듯이 내려친 이한걸이 부르르 떨며 일반 전화를 들었다.

"지금 이연수 데리고 와."

—이연수요? 촬영스케줄이 잡혔을 텐데요.

"당장 데리고 와!"

분노를 참지 못한 이한걸의 목소리에 부하직원이 얼른 말했다.

—알겠습니다. 조치하겠습니다. 별장으로 가시는 겁니까?

"그래, 가서 기다리지."

이한걸은 그 길로 바로 회사를 나서 별장으로 향했다.

한 시간 후.

별장에서는 요란한 신음 소리가 들렸다.

"오빠, 그만!"

"가만히 있어, 이년아."

"아파요!"

"시끄러워!"

이한걸은 거친 폭군처럼 밑에 깔린 이연수를 농락했다.

그러나 그의 눈은 분노로 이글거리고 있어 이연수가 감히 끽소리도 내지 못했다.

이한걸은 마치 이연수가 소르셀르리인 양 거칠게 휘몰아 쳤다.

"이 수모. 반드시 갚아주마."

시퍼런 독기가 일렁거리고 있었다.

객실 소파에 앉은 유천이 이한걸을 생각하며 통쾌한 목소리로 말했다.

"스릴 있지 않아?"

"있어요."

뜻밖에도 소르셀르리는 환한 목소리로 답했다.

유천은 그런 소르셀르리를 보며 넌지시 물었다.

"머리 아프지 않아?"

"아니요. 이런 연애 얼마나 좋아요."

"정말 좋아?"

"그럼요. 유천 씨를 볼 때마다 스릴이 넘치잖아요."

"하긴 직업이 그러니."

유천은 천천히 고개를 끄덕였다.

정보계통에서 근무하는 소르셀르리로서는 연애도 치열하게 하는 것이 마음에 들었던 모양이었다.

유천은 소르셀르리를 지그시 바라봤다.

이런 여자라면 정말 연애하기 좋은 스타일이다. 더욱이 자신의 입장에서는 최적의 여자이기도 했다.

흔쾌해진 유천은 소르셀르리를 슬며시 끌어안았다.

소르셀르리는 짐짓 민망한 듯 슬쩍 몸을 뒤로 뺐다.

"어머, 벌써."

"끌어안고 싶어서 말이야."

유천은 그녀를 끌어안고 지그시 소르셀르리와 입을 마주쳐 갔다.

입안에서 달콤한 과일향이 느껴지자 유천이 더욱 열정적으로 입을 부딪쳤다.

소르셀르리는 이런 분위기가 익숙해진 듯 적극적으로 달려들어 유천의 정신을 쏙 빼났다.

한동안 서로를 탐하느라 세상사 생각할 겨를도 없었다. 지금 이 순간 오로지 둘만의 공간에서 애정을 뿜어낼 뿐이다.

얼마 후.

유천은 잠시 입술을 떼고 소르셀르리를 바라봤다.

"더 기다릴 필요가 없겠지?"

"물론이죠. 제가 먼저."

소르셀르리가 욕실로 쏙 들어가 버렸다.

유천은 소파에 앉아 느긋하게 욕실 쪽을 바라봤다. 하지만 마음은 그렇게 느긋하지 않았다.

금방 나왔으면 좋겠다는 생각이 굴뚝같았다.

"매력 있는 여자야."

이한걸이 왜 그렇게 목 놓아 그녀를 갈구하는지를 알 것만 같았다.

"옆에 있으니까 소중한 걸 몰랐는데."

남이 갈구하니 더 소중한 느낌이다.

유천은 침을 꿀꺽 삼켰다.

꿀꺽.

"풋!"

다음 순간 자신도 모르게 웃고 말았다.

이런 자신이 우습게만 느껴졌다. 돌이켜 보면 참 숨 가쁘게 살아왔다.

인연을 얻은 이후 이상한 일이 많이 쏟아졌다.

"왜 그랬을까?"

스스로 생각해 보던 유천은 빠르게 결론을 내렸다.

"거침이 없어 그렇지."

전과는 달리 그 누구를 만나더라도 자신의 뜻을 굽혀본 적이 없다.

당연히 현대사회에서는 충돌이 일어나게 마련이었다. 다만 문제가 커지는 것이 화근이었다.

"시비가 붙어도 큰 놈들이랑 붙으니."

고개를 절레절레 흔들었다.

할 일도 많고 골치 아픈 사건도 많았지만 유천은 이 생활이
제법 만족스러웠다.

  "한 번 사는 인생, 짜릿하잖아."

  거기까지 생각했을 무렵 소르셀르리가 샤워를 마치고 욕
실에서 나왔다.

4장

위험한 제안

　　하얀 가운을 입은 소르셀르리는 발그스레한 얼굴로 유천
을 쳐다봤다.

　　마치 빨아들일 듯한 눈빛, 그리고 온몸의 실루엣이 샤워 타
월만으로 감추기 힘들 정도로 언뜻 보여 욕망을 부채질했다.

　　"험."

　　유천은 마음을 진정시키며 천천히 욕실 쪽으로 향했다.

　　급하다고 지금 침대로 갔다가는 무슨 구박을 받을지 몰랐
다.

　　'사람이 깨끗해야지.'

유천은 천천히 욕실에 들어섰다.

그러나 들어선 다음에는 그야말로 빛살 같은 속도로 온몸을 씻어 내려갔다.

사사삭.

온몸을 말끔히 하는 데 걸린 시간은 불과 오 분이었다.

"개운하네."

유천이 샤워를 마친 후 타월 하나를 허리에 턱 하니 걸치고 침실로 향했다.

침대에는 시트를 뒤집어쓴 소르셀르리가 옆으로 누워 섹시한 눈빛으로 자신을 바라봤다.

불끈.

남자의 욕망이 치밀었다.

더 이상 참을 이유도 없었다.

유천은 옆에 슬며시 누우며 소르셀르리를 끌어안았다. 부드러운 맨살의 촉감이 온몸의 기운을 자극했다.

유천은 소르셀르리를 바라보며 조용히 말했다.

"당신은 멋진 여자야."

"유천 씨도 멋진 남자예요."

"그렇지?"

더 이상의 말은 필요 없었다.

유천은 바로 소르셀르리를 와락 끌어안고 노 저을 준비를 마쳤다.

객실 안에서 소용돌이가 피어났다.

유천의 움직임에 따라 파도가 밀려오고 쓸려갔다.

거친 파도는 잔잔했다가 때로는 거칠게 소르셸르리를 휘몰아쳤다.

소르셸르리는 평소와 다른 열락에 눈이 뒤집어질 정도였다.

"오늘 너무 환상적이야. 무슨 일 있어요?"

"재발견이랄까?"

"그건 무슨 말이에요?"

"몸으로 느껴봐."

유천은 전과 다른 기분을 느꼈다.

'이게 정복감인가?'

누군가가 소르셸르리를 간절하게 갈구한다는 사실만으로도 충분히 흥분됐다.

'새끼, 속 뒤집어져 봐라.'

유천은 이한걸에게 복수를 하듯이 날카롭게 때로는 부드럽게 소르셸르리의 몸을 파고들었다.

소르셸르리는 그때마다 온몸이 자지러지듯이 움직였다.

몸이 활처럼 휘는가 싶더니만 얼굴이 쌔근쌔근 달아올랐다.

그렇게 열락은 쉴 새 없이 몰아쳤다.

강인한 유천의 체력은 보통 사람은 상상조차 하기 힘들 정도였다.

소르셀르리도 정보계통에서 일하느라 강한 훈련을 받았던지 그런 유천을 쉼 없이 받아들였다.

그렇게 서로를 몰아붙이던 둘은 새벽 네 시가 되어서야 떨어졌다.

"하악! 하악!"

소르셀르리가 가쁜 숨을 몰아쉬며 유천에게 물었다.

"오늘 특별해요?"

"특별하잖아."

"지금 질투하는 거예요?"

"그런 건 아니야."

유천이 담담하게 말하자 소르셀르리가 살짝 안겨 들며 물었다.

"그럼 뭔데요?"

"얘기했잖아. 재발견이라고."

"뭘 발견하셨는데요?"

"매력의 재발견이지. 또 시작해 볼까?"

"어머!"

소르셀르리가 소리를 냈지만 반기는 표정이었다.

유천은 소르셸르리와 다시 한 몸이 되며 내심 중얼거렸다.

소르셸르리는 뜨거워도 너무 뜨거웠다.

'보통 남자는 뼈도 못 추리겠네.'

이한걸이라면?

삼 일 정도면 피골이 상접할 것 같았다.

그 생각이 들자 웃음이 절로 나왔다.

이한걸의 체력으로 소르셸르리를 감당하려면 아마 일주일 이면 피골이 상접할 게 분명했다.

'자식아, 너 도와주는 거야.'

유천이 말없이 웃었다.

다음 날.

유천이 걱정스런 마음에 수리 센터를 찾았다.

그런데 도착하자마자 이주봉이 유천을 다급히 찾았다.

"큰일 났습니다!"

"수선 떨지 말고 말해."

"외국인 기술자들이 회사를 그만두겠다고 합니다."

"하라 해."

덤덤한 유천의 말에 이주봉이 기겁했다.

"아니, 그럼 어쩌시려고요?"

"현재 상황에선 좋은 일이야."

"지금 외국인 기술자들이 없으면 센터 안 돌아갑니다."

"그래서 억지로 잡을 자신은 있고?"

"……."

이주봉이 움찔하자 유천이 미소 지었다.

"갈 사람은 가라 해. 지금은 직원이 많이 없는 게 상책이야."

"아무리 그래도 이건 아닙니다. 기술자가 없으면 차는 누가 고칩니까?"

"없으면 센터 리모델링해서 다른 거 하지."

너무도 태연한 유천의 대꾸에 이주봉은 기가 막혔다.

"형님!"

"인생사 요지경이야. 오늘의 난관이 내일의 행운이 될 수 있어."

마치 달관한 듯한 유천의 말에 이주봉의 눈이 휘둥그레졌다.

"정말 진심이십니까?"

"그래."

유천이 너무도 선선히 대답하자 이주봉이 비로소 웃었다.

"다행입니다."

"뭐가?"

"형님이 좌절하실까 봐 노심초사했습니다."

"어려운 문자도 쓰네."

유천이 농담을 던졌으나 이주봉의 안색은 더 어두워졌다.

"더 안 좋은 소식도 있습니다."

"말해."

"수련생들이 떠나가고 있습니다."

"그들이?"

유천도 이 대목에선 살짝 놀랐다.

"조용히 알아보니 누군가 그들을 스카우트한다고 합니다."

"뭐 스카우트?"

유천이 어이가 없어 한마디 하자 이주봉이 설명했다.

"저쪽에서 우리가 주는 월급의 두 배를 주고 기술 교육도 똑같이 한답니다."

"좋은 조건이네."

"형님."

"갈 놈들은 가라해."

유천이 칼같이 잘랐다.

보나마나 이한걸의 소행이 분명했다.

돈으로 사람의 마음을 유혹해 빼돌리려는 의도가 너무도 분명했다.

"이러다 정말 가게 문 닫습니다. 수리 기술자가 한국에 흔하지 않다는 거 알잖습니까."

"알아."

"그러니 대책을 세워야지요."

이주봉이 안달복달을 하자 유천이 냉큼 답했다.

"계획대로야."

"네?"

놀란 토끼눈이 된 이주봉에게 유천이 설명했다.

"유지비 줄여야지."

"설마……."

"맞아. 일부러 자극한 거야."

"형님."

갑자기 이주봉의 말투가 가라앉자 유천이 눈빛을 번뜩였다.

"무슨 말을 하려고?"

"그 자식, 제가 손보겠습니다."

"어떻게?"

"완전히 요절을 내겠습니다."

"힘으로 하겠단 거야?"

"보여줘야지요. 우리가 어떤 사람인 줄."

"우리? 민간인이잖아."

"저 당하고 못삽니다."

"관둬."

유천이 한마디로 잘랐으나 이주봉은 쉽게 동의하는 표정
이 아니었다.

자칫 사고라도 칠 우려에 유천이 못을 박았다.

"말 안 들으면 너하고 인연 끝이야. 내 성격 알지?"

"형님……."

"지켜보면 알아. 내가 당하고 넘어갈 거 같아?"

"……."

"여기서 끝."

유천이 아예 쐐기를 박았다.

공연히 한마디라도 더 했다간 이주봉이 대형 사고를 칠 확
률이 컸다.

"형님."

"그만두라 했어. 박살을 내도 내가 해."

묵직한 유천의 말에 비로소 이주봉이 꼬리를 내렸다.

"이번엔 형님 말씀 듣지만 다음엔 안 참습니다."

"생각해 줘서 고맙다."

유천이 싱글거렸다.

이주봉이 아무리 머리를 굴려도 조금 의아한 듯 유천에게
물었다.

"형님 성질 많이 죽으셨습니다."

"내가?"

"네, 전이라면 벌써 박살을 내도 두 번은 박살을 냈을 텐데요?"

"성질 죽지 않았어."

유천이 담담하게 대답하자 이주봉이 눈을 크게 떴다.

"그런데 이렇게 참으십니까?"

"할 때까지 해보고 안 되면 그때는 가만두지 않을 거야."

"그럼 그렇죠."

"그런데 자존심 상하지 않냐? 꼭 힘으로만 한다는 게?"

유천의 한마디에 이주봉이 고개를 끄덕였다.

"맞습니다. 전이라면 저도 막무가내로 들이닥쳤겠죠."

"최선을 다해보자고 그다음에 이야기하자."

유천이 현실을 인정하고 솔직하게 말했다.

유천은 열심히 해보다 안 된다면 이한걸을 그냥 두지 않을 셈이었다.

자신이 가진 능력이라면 얼마든지 흔적 없이 해치울 자신이 있었다.

다만 남자 대 남자로 한 번 붙어보고 싶은 마음이었다.

그건 자존심이었다.

그러나 반전도 있었다.

똑똑.

문을 두드리는 소리에 유천이 한마디 했다.

"들어오세요."

들어오는 사람은 뜻밖에도 정비기사였다.

저번 외국인 기술자 파동 때 단독 면담한 바로 그 사람이었다.

이젠 이름도 알았다.

앙세트르란 이름의 정비기사였다.

"안녕하십니까."

"이리 오시죠."

유천이 반색하며 안내하자 맞은편 의자에 앉은 앙세트르의 모습은 진지했다.

비록 서양 특유의 버릇대로 다리를 꼬았지만 그것이 그들에게는 예의가 없는 행동이 아니었다.

유천은 앙세트르에게 조용히 물었다.

"저 여기 그냥 다닐 겁니다."

"다니다니요?"

"다닐 생각입니다. 그렇게만 알고 계시면 됩니다."

앙세트르의 말에 놀란 유천이 물었다.

"저쪽에서 좋은 조건을 제시하지 않았나요?"

"제시했죠."

"그런데 왜?"

"저도 세상 살 만큼 살았습니다. 사람 사는 정이 뭔지 알
죠."

전혀 알아듣지 못할 말에 유천은 고개를 갸웃거렸다.

"도대체 무슨 말씀을 하시는지 모르겠습니다."

"시치미 떼실 겁니까?"

"시치미를 떼다니요?"

유천은 점점 더 미궁에 빠진 기분이었다.

앙세트르는 빙긋 웃으며 한마디 했다.

"그렇게 숨기지 않으셔도 됩니다. 사장님께서 식구들 생
일, 기념물, 그리고 때때로 선물을 보낸 걸 알고 있습니다."

"선물이요?"

"시치미 떼지 마시라니까요. 그 정을 어떻게 버리고 가겠
습니까. 저도 사람입니다."

유천은 도무지 이해할 수 없는 소리였지만 머릿속은 회전
하고 있었다.

일단 이 상태로 넘어가는 것이 좋았다.

"그래서 안 가시는 겁니까?"

"두 번째 이유도 있습니다."

"뭡니까?"

"너무 좋은 조건은 독이 든 성배죠. 아차 하다간 버림받을
확률이 크다는 걸 압니다."

"아!"

유천이 감탄사를 토하자 앙세트르가 단호하게 말했다.

"최소한도 사장님은 절 버리지는 않을 거지 않습니까."

"최선을 다해 볼 겁니다."

"그거만 믿고 갑니다. 자, 그럼."

일어서는 앙세트르에게 유천이 잡았다.

"잠깐만요."

"또 무슨 할 말씀 있습니까?"

"많지는 않지만 상여금은 추가해 드리겠습니다."

"그럼 저야 고맙죠. 그럼 저 나가보겠습니다."

앙세트르가 나가자 혼자 남은 유천은 도무지 이해할 수 없는 표정으로 있었다.

"무슨 소리야? 선물이라니?"

이해가 안 됐지만 순간적으로 유천의 머리에 뭐가 팍 떠올랐다.

유천은 곧바로 휴대폰을 들고 이주봉에게 전화했다.

"주봉아 나 좀 보자."

―아, 네. 곧 올라갈게요.

휴대폰을 내려놓은 지 불과 1분도 지나지 않아 이주봉이 들어왔다.

"부르셨습니까?"

"그래, 이상한 게 있어서 불렀어. 혹시 너 외국 수리공들에게 선물 보냈어?"

"네, 보냈습니다. 뭐 잘못됐습니까?"

이주봉이 약간 눈치를 보자 유천이 감탄했다.

"너 그렇게도 머리 돌아가냐?"

"그 정도는 해야 되지 않겠습니까? 그런데 너무 많이 썼나요?"

이주봉의 엉뚱한 말에 유천이 웃고 말았다.

"아니야. 너무 잘했어. 그런데 어떻게 그런 생각을 했냐?"

"책에 보니까 그렇게 나오던데요. 경영자의 마음가짐이라는 거던데요?"

"자식, 너 진짜 사회인 다 됐구나. 정말 수고했다."

"무슨 소리십니까?"

이번에는 이주봉이 어이없다는 표정으로 바라봤다.

유천은 그런 이주봉에게 아까의 일을 천천히 설명했다.

"실은……."

"아, 그런 일이 있었군요?"

이주봉이 고개를 끄덕였다.

"그 사람들도 인간의 정이 있는 거 같아."

"그렇겠죠. 다 같이 사람 사는 곳인데."

이주봉의 단순한 말에 유천이 피식 웃었다.

"그나저나 안 나가면 월급이 많이 나가는데."

"정말 그렇게 생각하십니까?"

"아니지. 좋은 일이지. 그리고 주봉아."

유천이 심각하게 말하자 이주봉의 얼굴도 따라 굳었다.

"말씀하십시오."

"이번이 일을 계기로 내가 생각하는 게 있어."

"뭡니까?"

"이 수리 센터 끝까지 간다."

"적자가 많이 나지 않겠습니까?"

걱정스러운 이주봉의 말에 유천이 고개를 저었다.

"그 정도 능력은 있으니까 걱정하지 마. 그리고 앞으로 잘
될 수 있겠지. 마케팅 전략도 세워 놨잖아."

"잘될지는 모르지만요."

이주봉이 머리를 긁적였다.

유천은 그길로 사무실을 나서 차에 올라 양재천 쪽으로 향
했다.

시원하게 질주하다 보니 마음이 개운해졌다.

그때.

드르륵.

갑자기 주머니에서 진동이 울렸다. 유천은 아무 생각 없이

휴대폰을 열고 입을 열었다.

"여보세요."

─정유천 씨 맞습니까?

"그렇습니다만. 누구시죠?"

─저는 대현그룹의 기획실장 이정명이라고 합니다.

전혀 들어보지 못했던 이름과 직책이었다. 유천은 고개를 갸웃거리며 다시 물었다.

"절 아십니까?"

─만나 뵙고 말씀드렸으면 합니다만.

"죄송합니다만 요즘에 제가 바빠서 시간이 없군요."

유천은 곧바로 휴대폰을 주머니에 집어넣었다.

마음이 영 불편한데 누구와 한가롭게 이야기 나누고 싶은 기분은 아니다.

그러나 유천의 생각과 달리 휴대폰이 정신없이 진동했다.

징징─

신경질적으로 휴대폰을 꺼내 번호를 살펴보던 유천이 인상을 찌푸렸다.

"왜 이렇게 귀찮게 굴어?"

유천은 휴대폰을 바라보며 몇 번이나 울리나 지켜봤다.

10번, 11번.

계속 진동 소리는 늘어만 가고 있었다.

"졌다."

유천이 고개를 흔들며 휴대폰을 귀에 댔다.

"죄송합니다만 바쁘다고 했지 않습니까."

―많은 시간을 빼앗지 않겠습니다. 10분만 주시면 됩니다.

상대의 목소리가 하도 간절했기에 유천도 더 이상 막무가내로 전화를 끊기 애매했다.

"10분이요?"

―지금 어디십니까? 계신 곳을 말씀해 주시면 곧바로 찾아가겠습니다.

"저 지금 양재동 쪽에 있습니다만."

―하나로 마트 쪽인가요?

"맞습니다."

유천이 대답하자 다시 목소리가 들렸다.

―그쪽으로 곧 가겠습니다. 10분만 기다려 주십시오.

"그러죠."

유천은 휴대폰을 끊고 피식 웃었다.

"모두 다 10분이래."

유천은 정확히 10분만 기다릴 생각이었다.

10분에서 1초만 지나도 이 자리를 떠날 생각이다.

그렇게 9분이 지났을 무렵 유천 앞에 고급 외제차가 섰다.

끽!

멈춰 선 차에서 곧바로 한 중년 남자가 허겁지겁 내리는 모습이 보였다.

중년 남자는 서둘러 다가와 유천 앞에 섰다.

나이답지 않게 동안이지만 세련된 얼굴에 냉정함이 깃들어 있었다.

중년 남자가 조심스레 첫마디를 꺼냈다.

"정유천 씨죠?"

"제 얼굴도 아시나요?"

"네, 잠시 이야기 좀 하시죠."

유천의 손을 끌고 차 쪽으로 인도했다.

유천은 못 이기는 척 차에 올라앉았다.

뒷자리 상석을 내준 중년남자의 매너에 유천은 내심 고개를 갸웃거렸다.

'뭐가 이렇게 급한 거야?'

유천이 생각하는 사이 서둘러 옆에 앉은 중년남자가 명함을 꺼내 들었다.

"정식으로 인사드리겠습니다. 이정명입니다."

"아시다시피 정유천입니다."

유천도 준비해 놓은 명함을 건넸다.

외제차 수리 센터 대표이사란 명함이다.

이정명 기획실장은 유천의 명함을 소중하게 받아 지갑에

넣어두었다.

유천도 어쩔 수 없이 상대를 따라 지갑을 열고 명함을 넣을 수밖에 없었다.

잠시 뜸을 들이던 이정명 기획실장이 입을 열었다.

"이렇게 갑자기 결례해서 죄송합니다."

"절 어떻게 알고 오신 겁니까?"

"이야기하면서 말씀드리죠. 놀라셨습니까?"

"별말씀을요. 그런데 용건이 뭔가요?"

유천이 묻자 남자가 심각한 얼굴로 입을 열었다.

"실은 도움을 좀 받고자 합니다."

"도움이라니요? 대기업 기획실장님이 저한테 무슨 도움을 받을 일이 있습니까?"

유천이 대답하자 이정명 기획실장이 고개를 숙였다.

"진심으로 부탁드리겠습니다."

"이러지 마시고요. 부담됩니다. 말씀을 해보세요."

"실은 저희 그룹이 최근 어려운 일을 당했습니다."

유천은 말없이 이정명 기획실장을 바라만 봤다.

공연히 말대꾸하고 싶은 마음도 아니다. 상대가 무슨 말을 할지 들어보고 결정할 생각이었다.

그러나 이토록 정중하게 나오는데 그냥 차에서 내리는 게 애매한 상황이 되었다.

이정명 기획실장이 다급한 얼굴로, 그러나 냉정하게 설명했다.

"실은 우리가 리튬이차전지 분야에 획기적인 시스템을 개발했습니다."

"어려운 말이군요."

유천이 고개를 갸웃거리자 이정명 기획실장이 웃으며 설명했다.

"깊은 내막은 말씀드리기 어렵지만 자동차용 하이브리드전지 아시죠?"

"그 정도는 압니다."

"그 용량이 세 배 이상 커졌다면 이해가 되십니까?"

"설명이 아주 간단하네요."

유천이 빙그레 웃자 조금 마음이 놓인 이정명 기획실장이 말했다.

"그 핵심 설계도가 중국으로 넘어갔습니다."

"좋지 않은 일이군요."

말은 좋게 했지만 남의 일에 같이 심각할 필요는 없었다.

유천의 입장에서는 전혀 관계없는 일이기도 했다.

지금 유천은 수리 센터 일만 생각해도 골치가 아파왔다.

남의 고민까지 들어줄 입장은 아니었다.

이정명 기획실장은 그런 유천에게 말했다.

"그걸 좀 찾아주십시오."

"저보고요?"

유천이 깜짝 놀란 시늉을 하자 이정명 기획실장이 무겁게 고개를 끄덕였다.

"부탁드립니다."

"아니, 설계도를 가져갔으면 이미 끝난 거 아닙니까? 찾아와 봐야 그쪽에서는 다 알맹이 빼먹었을 텐데요."

유천이 이해가 안 간다는 듯이 말하자 이정명 기획실장이 고개를 저었다.

"아직까지 설계도면을 완전히 입수하지 못했을 겁니다."

"그건 또 무슨 소리입니까?"

"설계도면에는 암호가 걸려 있습니다. 물론 그 암호를 영원히 못 푸는 건 아닙니다만 최소한 푸는 데 한 달이 걸릴 겁니다."

"그 말 장담하실 수 있습니까?"

"물론입니다. 그 설계도를 지키기 위해서 정말 그룹 차원에서 심혈을 기울였습니다."

"……."

유천이 대답 않고 가만히 쳐다보자 이정명 기획실장이 입을 열었다.

"1조 이상의 개발비가 투자되었습니다. 이것이 중국으로 넘어가면 국가 경제에 막대한 영향을 미칠 수도 있습니다."

"어려운 말 쓰지 마십시오. 국가경제라."

유천은 순간 어머니가 위독했을 때 돈 때문에 당했던 설움이 생각났다. 자연히 욱하고 넘어오는 마음을 꾹 참으며 말했다.

5장

해볼까

이정명 기획실장은 유천의 반응에 얼른 말을 바꿨다.

"좋습니다. 다 관두고 설계도면을 찾아주십시오. 아니면 파기해도 괜찮습니다."

"죄송하지만 사람 잘못 찾은 거 같군요. 그럼 이만."

유천이 차 문을 열자 이정명 기획실장이 유천의 팔을 잡았다.

"아직 10분 안 됐습니다."

유천이 시계를 바라보고는 다시 차 문을 닫았다.

정확히 약속을 지켜야 다시 귀찮게 굴 거 같지 않았다.

"말씀해 보십시오."

"도와주십시오. 할 수만 있다면 대가로 무엇이든 지불하겠습니다."

"다른 사람을 찾아보시라니까요."

"어렵습니다. 저희가 조사한 바로는 그쪽으로 가기가 만만치가 않습니다."

어두운 얼굴에 유천이 슬쩍 물었다.

"접근하기 어려운 곳인가 보죠?"

"어려운 정도가 아닐 겁니다. 돈이 얼마인데 그쪽에서 그렇게 호락호락 내버려 뒀겠습니까? 아마도 중무장한 사설 경비원들이 득실거릴 겁니다."

"거길 나 혼자 가라고요?"

유천이 놀라 묻자 이정명 기획실장이 무안한 듯 살짝 얼굴을 돌렸다.

"많은 사람을 투입할 수 없는 일입니다. 만약 그런 일이 벌어진다면 중국 정부에서 가만히 있지 않을 테니까요."

"그래서 지금 혼자 가서 빼오라는 겁니까?"

"그들 모두 다 상대하라는 건 아닙니다. 저희도 이미 기본정보는 입수하고 있습니다. 만약 승낙하신다면 전부 제공해 드리겠습니다."

"어쨌든 굉장히 위험한 일이라는 거군요."

유천이 묻자 이정명 기획실장이 솔직하게 대답했다.

"솔직히 말해 쉽지 않습니다. 저희가 부탁은 하지만 어렵다는 건 잘 압니다."

"목숨을 걸어야 되는 일이군요."

"……."

그 말에는 이정명 기획실장도 선뜻 대답하지 못했다.

이야기를 가만히 듣던 유천이 시간을 보곤 문을 다시 열었다.

"10분 지났습니다."

"다시 한 번 생각해 보시면 안 되겠습니까?"

"생각을 해보겠습니다. 하지만 큰 기대는 하지 마십시오. 그럼 이만."

유천이 냉정하게 차 문을 열고 나섰다.

유천이 걸어간 한참 후에야 차는 출발했다.

"다급하기는 한 모양이군."

거절당했음에도 금방 가지 않는 걸 보니 이정명 기획실장의 입장이 이해가 가기도 했다. 그러나 유천은 그런 일에 휩쓸리고 싶지 않았다.

"좋지 않아."

유천은 한 번 재벌 그룹과 일한 후 그들이 어떤 인간인지

똑똑히 눈으로 봤다.

아프리카에서 당했던 경험상 설령 성공한다 할지라도 좋은 결과를 볼 거 같은 느낌은 들지 않았다.

선입견이란 그토록 무서운 것이었다. 다만 유천은 한 가지 생각이 나자 눈에 불을 켰다.

"이 자식이."

나이를 떠나 울화가 치미는 것은 어쩔 수가 없었다.

유천은 곧바로 휴대폰을 열고 김영철 비서실장에게 전화했다.

─정유천 씨.

"지금 인사할 기분은 아닙니다. 왜 나에 대한 정보를 함부로 남에게 줬죠?"

"……"

순간 휴대폰에서는 아무런 목소리가 들리지 않았다.

유천은 김영철 비서실장에게 다시 한 번 말했다.

"지금 여기가 양재동입니다. 앞으로 20분 내로 도착하지 않는다면 그다음 일은 각오하시는 게 좋습니다. 양재천 다리 쪽입니다."

툭.

유천은 전화를 끊고 기다리기 시작했다.

물론 근처에 있는 커피 전문점에서 테이크아웃 커피를 들고 난 후에 여유 있게 그늘 쪽에 있는 벤치에 앉았다.

유천은 주돈수 회장의 속셈을 훤히 짐작했다. 그렇기에 더욱 분노가 치밀었을지도 몰랐다.

"손도 안 대고 코를 풀겠다? 지랄한다."

유천의 판단은 한 가지로 귀결됐다.

주돈수 회장에겐 자신은 껄끄러운 존재다.

자신의 추악한 비밀을 알고 있는 유일한 인물이 유천이라는 사실이었다.

그렇다면 주돈수 회장의 입장에서 유천이 세상에 사라지는 것이 가장 좋은 해결책이었다. 그런데 함부로 손대기에는 불안하다.

그렇다면 남의 손을 빌려 제거하는 것이 낫다.

"최악의 조건으로 보내겠다?"

한마디로 웃기는 이야기였다.

유천은 그런 김영철 비서실장에게 강한 증오심을 느꼈다.

"이 인간 오기만 해봐라."

가만히 놔둘 생각은 전혀 없었다.

유천의 분노가 시간이 갈수록 줄어들기는커녕 커져만 갔다.

불과 20분도 지나지 않아 김영철 비서실장이 모습을 드러냈다.

김영철 비서실장은 잔뜩 긴장된 모습으로 유천에게 다가섰다.

"정유천 씨."

"잠깐 앉으시죠."

유천이 싸늘한 목소리로 말하자 김영철 비서실장이 쩔쩔매듯이 그의 옆에 앉았다.

재벌 그룹의 실질적인 두뇌로 세상을 쥐락펴락하던 김영철 비서실장의 모습치고는 너무도 초라했다.

하지만 유천의 강력한 무력을 생각하자니 소름이 끼쳐왔다.

김영철 비서실장의 입장에서는 살이 떨려왔다.

'위험한 자야.'

꼭 죽어야 할 곳에서 살아나온 유천의 실력을 생각할 때마다 오금이 저렸다.

유천은 그런 김영철 비서실장을 바라보며 한마디 했다.

"제가 납득할 수 있도록 설명해 보세요. 아니면."

뒷말을 아끼는 유천의 말에 김영철 비서실장이 진땀을 흘리며 서둘러 해명에 나섰다.

"실은 우연치 않은 기회에 그 얘기가 나왔습니다."

"우연치 않게 나왔다고요? 먼저 발설한 건 아닙니까?"

"그건 아닙니다. 대현그룹도 어느 정도 정보를 갖춘 기업입니다. 우리가 했던 일에 대해서 어떤 낌새를 눈치채고 그걸 추궁했습니다."

"그래서 편하게 말한 건가요?"

유천이 인상을 구기자 김영철 비서실장이 고개를 저었다.

"아닙니다. 회장들끼리 만나서 이야기하다가 실수로 튀어나온 겁니다."

"그게 끝인가요?"

"그래서 대현그룹 회장이 찾아왔습니다. 할 수 없이 사실대로 이야기할 수밖에 없었습니다."

"그래요? 하지만 비밀을 지키라는 약속을 어겼군요."

유천의 말에 김영철 비서실장이 말을 더듬거렸다.

"고, 고의가 아닙니다."

유천은 김영철 비서실장을 어떻게 할까 곰곰이 생각해 봤다.

이대로 그냥 싹 제거해 버리면 좋겠지만 여기는 한국이었다.

아차 하다가는 골치 아픈 일이 발생할 수 있었다.

김영철 비서실장이라면 한국에서도 힘 꽤나 쓰는 인간이다.

그런 인간이 사라진다면 당연히 모든 의심은 자신에게 돌아올 수밖에 없었다.

통화기록이나 뭐나 최후의 사람은 어차피 유천으로 귀결될 수밖에 없었다. 그러나 유천은 그대로 두고 볼 생각이 없었다.

잠시 머리를 굴리던 유천이 뭐가 반짝 떠오른 듯 김영철 비서실장을 쳐다봤다.

"대가는 받으셔야죠."

"절 어쩌시겠다는 겁니까?"

"뭐 별거 없습니다."

유천은 슬쩍 김영철 비서실장의 허벅지를 짚고 눌렀다.

"악!"

짧지만 강렬한 고통에 김영철 비서실장이 움찔거렸다.

"뭐 괜찮습니다. 더 이상 아프진 않습니다."

"대체 뭘 하신 겁니까?"

"여자 좋아하시나요?"

"……."

김영철 비서실장이 대답하지 않자 유천이 넘겨짚고 말했다.

"하긴 그 정도 지위에 있으면 수많은 꽃다운 미녀가 따라오겠네요. 젊은 영계들도 따라오나요?"

"……."

여전히 말을 못하는 김영철 비서실장에게 유천이 한마디 했다.

"당분간 여자는 꿈도 꾸지 마십시오."

"무, 무슨 짓을 한 겁니까?"

"아, 이제 물건이 잘 안 설 겁니다."

"아니, 그런!"

김영철 비서실장이 그제야 얼굴에 노기를 드러냈다. 유천은 그런 김영철 비서실장에게 한마디 했다.

"인상 푸십시오."

"도대체 내가 뭘!"

"인상 풀라고 했습니다. 여기서 죽고 싶어요?"

스산한 유천의 목소리에는 살기가 그대로 묻어나왔다.

그러나 여자를 안지 못한다는 이야길 들은 김영철 비서실장은 여기서 결코 물러서지 않았다.

"도대체 날 어떻게 만든 거냐고!"

드디어 반말이 튀어나왔지만 유천은 상대의 심정을 이해했다.

'미치겠지?'

유천의 행동은 아주 간단하고도 정확했다.

김영철 비서실장은 돈과 권력을 한 손에 쥔 사람이다.

그런 사람이 여자 보기를 돌같이 할 리가 없었다.

수많은 염문을 뿌려댈 게 분명했다. 그런데 유천이 그걸 막아버리자 김영철 비서실장의 입에서 분노가 떠오르는 게 당연했다.

유천은 그런 김영철 비서실장에게 한마디 했다.

"원래 능력이 있는 남자는 여자가 많이 따르지요."

"이런!"

김영철 비서실장이 분노한 듯 금방 일어설 듯한 기세였다.

유천은 그런 김영철 비서실장에게 한마디 했다.

"당장은 여자를 안지 못할 겁니다. 하지만 제 말을 잘 들으면 풀어드리죠."

"……."

대답이 없는 김영철 비서실장에게 유천이 다시 한마디 했다.

"병원에 가봐도 소용없습니다. 그것만 아시면 됩니다. 증거를 보여드릴까요?"

"해보시지."

김영철 비서실장도 조금씩 거칠게 나갔다.

그만큼 김영철 비서실장의 분노가 컸다는 이야기였다.

유천이 다시 자신의 허벅지를 잡자 김영철 비서실장이 질겁했다.

"뭐, 뭐하자는 거냐!"

"두고 보면 알지."

유천은 힘으로 김영철 비서실장을 제압한 후 다시 그의 허벅지를 눌렀다.

"크윽!"

놀란 김영철 비서실장의 목소리와는 달리 어떤 고통도 찾아오지 않았다.

"어때요? 여자 생각만 해보시면 느낌이 올 텐데."

김영철 비서실장은 그 긴장된 순간에도 왠지 모르게 자신의 분신에 힘이 실리는 것을 느꼈다.

물론 당장 어떤 액션을 보이는 건 아니지만 느낌은 정확했다.

그런데 그 순간 유천이 다시 한 번 김영철 비서실장의 허벅지를 사정없이 눌렀다.

"악!"

또 한 번 짤막한 비명이 터져 나오며 김영철 비서실장은 맥이 쭉 빠짐을 느꼈다.

"자, 이젠 병원에 가서 마음껏 검사 받아보시죠."

"…나한테 원하는 게 뭐지?"

"정보."

"정보라니. 무슨 소리냐?"

김영철 비서실장이 말하자 유천이 한마디 했다.

"고급 정보가 필요해. 그것만 주면 돼. 그러면 6개월만 지켜보다가 괜찮으면 곧바로 풀어주지."

"6개월은 너무 길잖아!"

"그럼 1년으로 할까?"

유천의 잔잔한 말에 김영철 비서실장은 소름이 끼쳤다.

유천은 그런 김영철 비서실장에게 단단히 못을 박았다.

"병원에 가도 아무런 문제가 없을 거야. 그렇다고 신고해도 뭐할 건데? 나 고자 됐다고 신고할 거야?"

"빌어먹을!"

그의 입에서 거친 말이 튀어나왔지만 유천은 전혀 개의치 않았다.

"병원에 가도 아무런 흔적이 없어. 그러니 경찰도 마찬가지지. 내가 했다는 증거는 아무 데도 없거든? 너와 나 둘만이 알아."

김영철 비서실장이 인상을 쓰는 순간 유천이 그의 양복 안쪽 주머니를 뒤졌다.

"뭐하자는 거야?"

"이거."

"…음."

당혹스런 표정으로 변한 김영철 비서실장이 입을 다물었다.

유천이 꺼낸 건 조그마한 만년필형 녹음기였다. 유천은 한 눈에 녹음기의 존재를 알아챘다.

"이거 왜 들고 왔지?"

"그건!"

"그리고 왜 이게 작동이 되고 있는 거지?"

"……."

김영철 비서실장은 말문을 잊은 듯 아무런 말도 하지 못했다.

유천은 그런 김영철 비서실장에게 한마디 했다.

"1년으로 늘려줄까?"

"그건 안 돼!"

"이거 내가 가져가도 되지?"

유천의 말에 김영철 비서실장이 아무런 가타부타 말이 없었다.

유천은 만년필 녹음기를 수중에 집어넣은 후 한마디 했다.

"이런 꼼수부리지 마. 전쟁터에서 살아온 나, 이 정도는 기본이야."

"그냥 좋게 정보만 주면 안 되겠나?"

"그걸 나보고 믿으라고? 만약 잘못된 정보를 주면 평생 고자로 살아야 될 거야. 잘 판단해."

"6개월 후에는 꼭 풀어주는 거겠지?"

"풀어주지."

노려보던 김영철 비서실장이 악에 받친 목소리로 유천에게 한마디 했다.

"넌 남자의 가장 중요한 걸 빼앗았어."

"그럴지도 모릅니다."

어느덧 유천의 말투가 다시 올라가자 김영철 비서실장의 눈썹이 꿈틀했다.

"그리고 나를 다시 정상으로 돌려준다는 약속을 어떻게 믿을 수 있지?"

"전 당신처럼 한 입으로 두말 안 합니다. 됐습니까?"

"……."

유천의 말에 김영철 비서실장은 더 이상 할 말이 없었다.

유천은 그런 김영철 비서실장에게 다시 한 번 충고했다.

"일단 병원에 가보시고 말씀하시죠. 그럼."

유천이 자리에서 일어서자 김영철 비서실장이 입술을 꼭 깨물었다.

사실 그 입장에서도 유천의 말을 곧이곧대로 믿기는 어려웠다.

유천이 사라지자 김영철 비서실장이 씹어뱉듯이 말했다.

"도대체가."

김영철 비서실장은 그길로 차로 돌아가 기사에게 말했다.

"서울대학병원으로 간다."

유천은 묵묵히 기다렸다.

이제는 기다리는 것만이 최선이었다. 그렇게 기다린 지 두 시간이 지났을까?

곧바로 휴대폰이 울렸다.

띠리릭,

유천은 누구 전화인지 안 봐도 알 정도였다.

"누구세요?"

―도대체 뭘 어떻게 한 건가… 요.

애써 존댓말을 하는 김영철 비서실장의 목소리가 일그러 져 있었다.

유천은 속으로 쾌재를 부르면서 한마디 했다.

"왜 병원에서 못 고친다고 하던가요?"

―영문을 모르겠다고 그러더군.

"당연하죠. 그 수법은 오랜 외인부대 경험에서 얻었던 방 법입니다."

―그게 무슨 소린가?

김영철 비서실장이 묻자 유천이 슬쩍 거짓말을 내뱉었다.

"원래 외인부대는 순 남자투성이 아닙니까. 아차 하다간 욕망에 사로잡혀 개죽음 당할 수도 있지요. 그걸 막기 위한 수법이죠."

―그런가?

김영철 비서실장의 목소리에 희망이 솟아나자 유천이 무참하게 짓밟아 버렸다.

"그런데 그걸 아는 사람이 인도에서 온 용병이었습니다. 그 사람하고 나하고 친해서 가르쳐 준 거죠. 다른 사람은 몰라요."

유천의 말에 휴대폰에서 김영철 비서실장의 한숨이 흘러나왔다.

―어떤 정보를 원하는 건가?

"뭐 별거 있겠습니까? 대현그룹이 저에게 불손한 의도를 품으면 바로 연락주시면 됩니다. 두 번이면 됩니다. 그럼."

유천은 대답도 듣지 않고 끊어버렸다.

공연히 더 해봐야 김영철 비서실장의 신세타령만 들을 뿐이었다.

유천은 싱긋거리며 중얼거렸다.

"6개월 동안 수도 좀 해봐. 집에도 좀 잘 들어가고."

유천은 왠지 김영철 비서실장의 식구들에게 큰일을 한 거 같은 느낌이 들었다. 거기서 생각을 멈춘 유천이 다른 생각에 접어들었다.

"대현그룹이라."

고민이 되었다.

유천은 즉흥적인 감정으로 처리할 일이 아닌 걸 알았다.

김영철 비서실장에 대해서는 자신이 일단 응징을 했기 때문에 더 이상의 보복은 필요 없었다.

그렇다면 대현그룹과의 문제를 어떻게 해결할 건지가 급선무였다.

"분명히 전화는 다시 올 거야."

자신이 그 입장이라고 해도 한 번 거절했다고 물러날 사람은 아니다.

그렇다면 다시 한 번, 두 번, 세 번 두드려 볼 것은 분명했다.

유천이 생각한 것은 하나였다.

할 것이냐, 말 것이냐. 둘 중에 하나였다.

그러나 유천은 곧 머리를 저을 수밖에 없었다.

유학원과 수리 센터가 휘청거리고 있다.

자신의 거의 모든 돈이 투자된 이상 망하는 것은 좋은 일이 아니다. 아니, 최악의 선택이기도 했다.

유천은 거기까지만 생각하고 바로 인터넷으로 들어갔다.

"도대체 리튬이차전지가 뭐야?"

기본적인 것은 알았지만 정확한 것은 알 수가 없었다.

그렇게 30여 분을 훑어내려 읽어본 후 유천이 고개를 끄덕였다.

리튬이차전지.

전기자동차는 물론 각종 전자기기에 쓰이는 전지였다.

첨단 기술이면서 세계적으로 개발에 열을 올리는 신기술 중에 핵심이었다.

"유망한 사업이네."

이제야 왜 대현그룹이 이토록 애타게 자신을 부르는지를 알았다.

그렇다면 유천의 선택은 간단했다.

"죽지 않으면 되지."

그 생각을 하자 마음이 편해졌다.

이번 한 건만 제대로 해결한다면 휘청거리는 두 사업체를 한꺼번에 건져 올릴 수 있었다.

"이한걸, 이 새끼."

이렇게 결정한 데는 이한걸에 대한 적개감이 머리를 치민 탓이었다.

생각 같아서는 그냥 모가지를 꺾어 죽이고 싶은 마음이 굴뚝이었다. 하지만 남자 대 남자로서 붙어보고 싶었다.

그놈이 제일 좋아하는 돈, 그것으로써 뭉개 버리고 싶은 마음이 활활 타올랐다.

유천도 남자였다.

그 마음이 들자 유천은 머릿속으로 생각을 완전히 끝냈다.

이정명 기획실장이 다시 제안을 해온다면 자신이 무슨 조건을 내세울 것까지 생각을 마친 후 유천이 조용히 침대에 드러누웠다.

"쉬자."

낙천적인 성격이 또 한 번 드러난 순간이다.

아침 10시.

정확히 이정명 기획실장에게서 연락이 왔다.

유천은 이미 짐작했던 바였기에 여유 있는 자세로 받았다.

"또 연락 주셨네요."

─한 번 더 만나 뵙고 싶습니다.

담담하게 말하려 애썼지만 이정명 기획실장의 목소리에는 다급함이 서려 있었다.

유천은 공연히 시간을 끌어 상대의 애간장을 태울 필요는 없었다.

어차피 만나서 깔끔하게 끝낼 이야기기도 했다.

"한 시간 후에 보죠."

─어디로 가면 되겠습니까?

"집으로 오시면 됩니다. 집 근처에 얘기 나눌 곳이 있거든요."

유천은 이정명 기획실장에게 집 주소를 가르쳐 줬다.

정확히 50분 후 유천은 다시 전화를 받고 밖으로 나갔다.

밖에는 이정명 기획실장이 차에서 내린 상태였다.

재벌 그룹의 기획실장답지 않게 예의를 갖추는 모습이다.

'아쉬울 때나 저러겠지.'

유천은 그런 겉모습을 믿지 않았다. 한 번 당하면 됐지 두 번까지 당하고 싶지 않았다.

유천이 천천히 다가서자 이정명 기획실장이 살짝 고개 숙였다.

"반갑습니다."

"일이 잘되어야 반가운 거죠. 저를 따라오시죠."

유천은 이정명 기획실장을 데리고 근처에 있는 뚝방에 있는 벤치로 갔다.

벤치에 앉자마자 이번에는 유천이 먼저 말을 열었다.

"저 말고는 할 사람이 없는 겁니까?"

"검증된 사람이 없습니다."

"제가 검증된 게 뭐가 있습니까?"

"이야기는 대충 들었습니다. 그 정도 실력이라면 가능하다고 생각합니다."

이정명 기획실장의 말에 유천이 슬쩍 물었다.

"목숨을 걸어야 되는 일이죠?"

"……."

움찔한 이정명 기획실장의 입에서는 아무런 말도 나오지 않았다.

유천은 그런 이정명 기획실장에게 다시 한 번 물었다.

"목숨을 걸 가치가 있는 일입니까?"

"있도록 해드리겠습니까."

"어떻게요?"

유천은 일부러 먼저 자신의 조건을 내세우지 않았다. 아쉬운 건 저쪽이지 자신이 아니었다.

물론 자신도 유학원과 수리 센터를 생각하면 바쁘기는 마찬가지였지만 일단 뒤로 물러섰다.

이정명 기획실장은 잠시의 여유도 없이 이야기했다.

"유학원과 수리 센터가 고전을 면치 못하다고 들었습니다."

"그렇습니다만."

"묘하게 얽혔더군요. 정확한 건 모르지만 왜 이한걸 씨와 원한을 사셨습니까?"

"그런 거 없습니다. 그놈이 먼저 시비 걸었지."

유천은 담담하게 대꾸했다. 이정명 기획실장은 더 이상 묻고 싶지 않았던지 바로 조건을 제시했다.

"일단 수리 센터에 저희 보험사의 일을 몰아드리겠습니다."

"가능합니까?"

"우리 그룹이 아무리 그래도 이한걸한테 당할 정도는 아닙니다."

"흥미로운 조건이군요."

유천도 솔깃한 이야기였다.

안 그래도 골치가 아팠는데 대현그룹이 운영하는 보험사에서 밀어준다면 훨씬 나아질 건 분명했다.

그때 이정명 기획실장이 두 번째 조건을 꺼냈다.

"유학원도 최신형으로 꾸며드리고 적극 지원해 드리도록 하겠습니다."

"가능하십니까?"

"물론이죠."

유천이 두 얘기를 듣고 잠시 망설이는 표정을 보이자 이정명 기획실장이 드디어 마지막 조건을 내세웠다.

"그리고 일이 성공된다면 적당한 보수도 드리겠습니다."

"적당하다면 어느 정도죠?"

"10억 어떻습니까?"

"제 목숨이 10억짜리로 보입니까?"

"아니, 그럼?"

이정명 기획실장이 좀 난감한 표정을 짓자 유천이 얼른 이야기했다.

"1조 들여서 개발하셨다고 그랬죠?"

"그렇습니다."

"그리고 유출되면 그 수십 배의 손해를 보시겠군요."

"아마도요."

이정명 기획실장이 대답하자 유천이 눈을 살짝 치켜떴다.

"그런데 고작 10억입니까?"

"아니, 그게……."

"세 번째는 제가 조건을 달죠. 만약 설계도를 찾거나 없애면 나중에 개발비의 1%를 주십시오."

"아니, 그건!"

"물론 어려우시겠죠. 그러면 이 계약은 없던 걸로 하죠."

유천이 자리에서 일어서자 이정명 기획실장이 얼른 잡았다.

"잠시만요. 회장님께 보고를 드려야겠습니다."

"그러시던가요."

유천이 대답하자 이정명 기획실장은 20여 미터 떨어진 곳에 가 전화기를 들었다.

무슨 내용을 이야기하는지 유천의 귀에는 낱낱이 들렸지만 유천은 신경조차 쓰지 않았다.

"후후. 아쉬운 건 그쪽이지."

6장

잘못 건드렸어

얼마 후 다시 돌아온 이정명 기획실장이 조심스레 말했다.

"0.5%면 안 되겠습니까?"

"없던 걸로 하죠."

이미 이야기를 들은 유천이 강하게 나가자 이정명 기획실장이 두 손 들었다.

"좋습니다."

"내일 중국으로 가죠."

"사전 정보는?"

"내일 오전에 듣는 걸로 하죠."

유천이 자르자 이정명 기획실장이 대답했다.

"티켓팅하고 내일 오전에 기다리죠. 본사에 오셔서 이걸 주시면 됩니다."

이정명 기획실장이 다시 명함을 건넸다.

편하게 받아 든 유천이 그제야 웃음을 보였다.

"좋은 거래였습니다. 내일 정식으로 계약하죠."

"하하."

이정명 기획실장이 덩달아 헛웃음을 날렸다. 어딘지 모르게 속이 쓰린 표정이 역력했다.

그날 오후.

유천은 다시 외국 여행 준비에 바빴다. 그때 이주봉이 돌연 유천의 사무실에 들어섰다.

"사장님, 굵은 손님들이 왔습니다."

"굵은 손님?"

유천이 반문하자 이주봉이 신이 난 얼굴로 말했다.

"고급차 다섯 대가 들어왔습니다. 차값만 해도 몇 억짜리라는데요?"

"그래?"

유천이 그제야 의자에서 일어나 창밖을 바라봤다.

이주봉의 말대로 첫눈에 보기에도 비싸 보이는 외제차 다섯 대가 나란히 서 있었다.

유천이 시선을 돌려 이주봉을 바라보며 말했다.

"웬일이냐?"

"그게 말입니다. 앞으로도 이렇게 됐으면 좋겠습니다."

"글쎄."

유천은 나쁜 기분은 아니었다.

그러나 유천의 그 기분이 깨지는 데는 그리 오랜 시간이 걸리지 않았다.

똑똑.

노크 소리가 들리고 한 젊은 남자가 들어섰다. 그런데 유천의 인상이 확 일그러졌다.

빙글거리며 미소를 짓고 있는 남자는 이한걸이 분명했다.

그 뒤를 따라 두 명의 남자가 따라 들어왔다.

30대 중반으로 보이는 남자들은 첫눈에 보기에도 예사롭지 않았다.

옷을 입었지만 옷 속에 숨겨진 몸은 군살 하나 없는 것이 느껴질 정도였다.

유천이 애써 냉정을 되찾고 말했다.

"웬일이야?"

"웬일이긴, 친구 보러 왔지."

"너랑 갑장이지 친구 먹은 적은 없는데?"

"되게 딱딱거리기는. 오늘 손님으로 왔어."

이한걸의 말에 유천이 그제야 무언가를 느낀 듯 물었다.

"그럼 밖에 있는 차들이 네 차야?"

"내 차도 있고, 친구 차도 있고. 어때? 돈 좀 되겠지?"

"……."

유천이 아무런 말도 하지 않자 이한걸이 넉살 좋게 말했다.

"손님이 왔으면 소파에 앉으라고 해야 하는 거 아닌가?"

"앉아."

유천의 짤막한 말이 떨어지자 이한걸이 여유롭게 소파 상석 쪽으로 다가섰다.

"거긴 네 자리가 아니야."

"오, 그런가?"

이한걸은 아무렇지 않은 척 3인용 소파에 앉았다.

유천은 천천히 소파 쪽으로 다가가 사무용 의자에 몸을 걸쳤다.

그 모습을 본 이한걸이 이채로운 얼굴로 말했다.

"상석에 앉으려고 그런 거 아니었어?"

"아니, 얼굴 대 얼굴을 마주치고 얘기해야지. 그런데 왜 갑자기 차 수리하러 들어온 거야?"

"아니, 좀 힘들 거 같아서 좀 도와주려고."

"고마워서 눈물이 다 나려고 그러네. 그런데 그거 진심으로 믿어도 돼?"

"어때?"

유천의 답에 엉뚱하게 반문하는 이한걸의 얼굴이 살짝 굳어졌다.

유천은 그런 이한걸에게 좀 더 여유롭게 다가섰다.

"그냥그냥 지내지."

"소문에 따르면 적자가 난다고 그러던데."

"그럼 네가 보기에 흑자로 보이겠냐?"

"어쩌면 좋아?"

이한걸의 말에 유천이 살짝 비꼈다.

"갑장 잘못 만난 덕이지."

"그런 말 하지 말지. 지금이라도 마음을 돌리면 좋아질 텐데."

조용하지만 큰 유혹이기도 했다.

유천은 그런 이한걸을 쳐다보며 단호하게 말했다.

"그 제안 별로 받아들이고 싶지 않은데."

"그러다 말아먹으면 큰일 나지. 한국은 자본의 법칙이라는 거 알아?"

"글쎄."

"많이 느껴야 될 거야. 사람들은 크고 번지르르한 데를 좋아하지."

이한걸의 말은 얄미웠지만 정확한 사실이었다.

유천은 그런 이한걸에게 조용히 말했다.

"차 한 잔 얻어먹고 싶어?"

"손님인데 당연한 거 아니겠어?"

"여직원이 없어 내가 직접 타주지."

유천은 곧바로 싱크대 쪽으로 가 커피 네 잔을 내렸다.

물론 그 짧은 시간에 가볍게 이한걸의 잔에 침을 뱉어줬다.

워낙 빠른 동작이기에 아무도 눈치채지 못했다.

유천이 차를 가져가 이한걸에게 제일 먼저 주고 두 잔을 뒤에 서 있는 남자들에게 권했다.

"드시죠."

남자들은 아무런 대꾸 없이 커피 잔을 받아 들었다.

유천이 커피 한 모금을 마시는 순간 이한걸이 고개를 갸웃거리며 말했다.

"혹시 침 같은 거 뱉은 거 아니야?"

"느낌이 안 좋으면 먹지 말고."

"아니, 침 뱉는 건 못 봤지만 혹시나 해서 말이야."

이한걸이 유들거리며 커피 잔을 들이켰다.

"맛이 어때?"

"남자가 탄 거치고는 쓸 만한데. 하지만 여자가 타는 게 좋지."

이한걸의 말에 유천이 물었다.

"도대체 온 목적이 뭐야?"

"지금이라도 마음을 돌렸나 해서."

"그럴 일 없다고 했지?"

"여자 하나 때문에 인생의 전부를 버리고 싶은 거야?"

이한걸의 말이 조금 사나워졌다. 그제야 유천이 한마디 했다.

"네가 보기에는 내가 호락호락 쓰러질 거 같아?"

"이 상태로는 오래 못 버틸 텐데."

"넌 돈이 썩어 나냐?"

유천이 차갑게 질문하자 이한걸이 입꼬리를 올렸다.

"이 정도 가지고 휘청거리진 않지."

"네가 번 돈이라면 인정하지."

"아버지 잘 만난 것도 능력이야."

"지랄 떨고 있네. 태어난 운빨이 좋은 거지."

유천이 거칠게 말하자 이한걸이 자리에서 엉덩이를 슬쩍 움직였다.

이한걸 눈빛이 사악하게 빛나며 유천에게 넌지시 말했다.

"그런데 운동 실력이 대단하다고 들었어."

"사람 나름이지."

유천의 입에서 고운 말이 나갈 리가 없다.

생각 같아서는 면상이라도 한 대 쳐서 뭉개 버리고 싶은 마음이 굴뚝같았다.

그러나 유천은 그것으로 승부를 보고 싶지 않았다.

'개새끼. 네가 좋아하는 걸로 묵사발을 내주마.'

다시 한 번 속으로 다짐하는 순간이었다.

이한걸은 그런 유천의 마음을 모른 채 대기했다.

"저기 뒤에 서 계신 두 분 보이지?"

"당연히 보이지."

"저분들이 대단한 분들이거든."

"그런 거 같네."

유천은 솔직하게 대답했다.

만약 그전의 자신이라면 일대일로 붙었을 때 절대 승부를 장담할 수 없을 정도였다.

이한걸은 유천의 말을 듣자마자 얼굴에 희색을 띠며 말했다.

"그래서 하는 말인데 한번 대련해 보는 게 어떻겠어?"

"대련? 갑자기 뭔 뚱딴지같은 소리야?"

"소문엔 실력이 하도 대단하다고 그러던데 내 눈엔 그래 보지 않아서."

이한걸의 말에 유천이 살짝 넘겨짚었다.

"너랑 한판 붙어볼까? 유도 4단이라며."

"아, 사양이야. 나는 그저 운동을 했을 뿐이지 제대로 된 4단은 아니거든."

"그거 보고 솔직하다고 그래야 되지?"

"그럼, 무모한 짓은 안 해."

이한걸의 한마디에 자신감이 실려 있었다.

비록 육체적 힘은 약할지언정 너한테 질 건 없다는 말투가 한 번에 느껴질 정도였다.

'건방진.'

우리나라에서 돈 있다는 집 아들다운 자만심마저 풍겨져 나왔다.

유천은 아무 말 없이 이한걸을 쳐다봤다. 그러자 이한걸이 다시 한 번 제안했다.

"어때? 생각 없어?"

"지금 할 일이 많아서 골치가 아파."

"그래도 한 번 했으면 좋겠는데."

"난 공짜로는 안 해."

유천이 한마디 하자 이한걸이 눈빛을 빛냈다.

"그럼 내기는 어때?"

"무슨 내기?"

"저분들을 네가 이기면 네 조건을 들어주고 아니면 내 조건을 들어주는 걸로 하지."

유천은 그제야 이한걸의 속셈을 알았다.

두 사람을 통해서 자신의 목적을 이루려는 속셈이 분명했다.

또한 두 사람에 대한 자신감이 대단하다는 것을 알았다.

유천이 그런 이한걸에게 말했다.

"어디서 모셔 오셨나?"

"외국에서 특수부대 교관이셨던 분들이야. 널 위해 힘들게 초빙했지."

"그런 거 같네. 조건을 걸자고?"

"그래, 네가 이기면."

이한걸이 더 말하기 전에 유천이 말했다.

"현찰로 10억 주지, 단 네가 지면 한 대 얻어맞기, 어때?"

"10억? 오, 꽤 크게 나오는데?"

상당한 액수에 이한걸의 눈빛이 흔들렸다.

아무리 재벌가 인물이라 하더라도 10억이란 작은 돈이 아니다.

유천은 그런 이한걸에게 차갑게 비웃었다.

"왜, 가슴이 떨려?"

"그런 건 아니지. 좋아."

자존심이 상한 듯 냉큼 승낙하는 이한걸의 얼굴이 살짝 떨렸다.

유천은 그런 이한걸에게 물었다.

"네 조건은 물어보나마나지?"

"아마도?"

"계약 성립. 그럼 가볼까?"

유천이 말하자 이한걸이 자리에서 일어섰다.

"안 그래도 좋은 체육관 하나를 임대해 놨어."

"내가 승낙할 줄 알았나 보지?"

"너 같은 자존심이라면 하지 않았겠어?"

"한 가지 조건을 더 걸 걸 그랬나봐."

"무슨 조건?"

이한걸이 말하자 유천이 말했다.

"내가 이기면 네 면상에 주먹 한 대 날리는 것."

"……."

아무런 대꾸가 없는 이한걸이었다.

유천은 앞장서 걸었다.

"안내해."

얼마 후 네 사람이 도착한 곳은 서울 근교에 있는 아담한 체육관이었다.

그런데 체육관에는 아무도 보이지 않았다.

하다못해 관리하는 사람마저도 없었다.

유천이 고개를 갸우뚱거리자 이한걸이 친절하게 설명했다.

"여기는 오늘 하루 통째로 렌트해서 아무도 없을 거야. 그럼 시작할까?"

"그러지."

유천은 망설임없이 살짝 몸을 풀었다.

그냥 하는 것도 가능했지만 지금 상태에서는 살짝 몸을 풀어주는 것이 보기 좋은 일이다.

상대는 유천을 보고 한마디 했다.

"조일상이라 합니다."

"아시다시피 정유천입니다."

"좋은 대결이 되길 바라겠습니다."

"그러죠. 뜻은 안 좋지만 우리끼리야 무슨 감정이 있겠습니까?"

유천이 한마디 하자 조일상이 씩 웃었다.

"준비하시죠."

"네."

상대 정중한 예의에 유천도 따라줬다.

얼마 후 체육관 정중앙에는 유천과 한 사람이 서 있었다.

그 순간 바로 이한걸이 나섰다.

"아, 이 대 일로 하기로 하지 않으셨습니까."

"일대일로 하죠."

"저놈, 무서운 놈입니다."

"그만하시죠. 저 조일상입니다."

조일상이 묵직하게 말했다.

말뜻엔 더 나서면 가만있지 않겠단 의미가 담겼다.

이한걸도 금방 눈치챘는지 뒤로 물러섰다. 그러나 얼굴엔 불만이 가득 담겨 있었다.

유천은 그런 조일상을 보고 고개를 끄덕였다.

두 사람이 마주서자 조일상이 고개를 숙였다.

"한 수 지도 부탁드립니다."

"저야말로."

유천은 오랜만에 정정당당한 대결이라는 것을 해보자 기분이 뿌듯했다.

'이거 괜찮은데?'

이한걸을 떠나 눈앞에 있는 조일상은 같이 무술을 수련하는 사람으로서 마음에 들었다.

유천은 생각을 바꿨다.

'조금만 끌어볼까?'

유천은 그 마음을 품고 천천히 몸을 움직였다. 상대의 움직임이 짧고도 파워가 제대로 실렸다.

'오!'

유천은 살짝 경각심이 일 정도였다.

상대는 실전적인 무술과 특유의 비전까지 갖춘 인물이다.

'저거라면.'

유천도 익히 들어봤던 자세였다.

러시아 특수부대 스페르나츠 쪽에 일격 필살의 무술이기
도 했다.

유천은 그런 조일상에게 조용히 물었다.

"스페르나츠에 계셨습니까?"

"훈련 교관이었죠."

"대단한 분과 싸워서 영광입니다."

"저야말로."

조일상도 유천을 인정하는 모양이었다.

유천의 자세 어디에서도 빈틈이 보이지 않자 살짝 당황하
는 표정마저 보였다.

그러나 그는 곧바로 몸을 움직여 자신의 빈틈을 먼저 보여
줬다.

유천은 그런 조일상을 보고 내심 웃었다.

'허허실실이라.'

적이 작전을 걸어왔다면 당해주는 것이 유천의 마음이었
다.

유천은 빈틈을 노리는 척하며 슬쩍 다가섰다.

타닥!

짧은 순간 주먹과 발이 오갔다.

짧고 간결한 동작에 유천이 얼른 막았던 탓에 격타음만 들릴 뿐이다.

조일상은 뒤로 물러서며 고개를 끄덕였다.

"대단하시군요."

"그쪽도요."

유천은 흥겨운 기분마저 들었다.

생각하는 사이 바로 조일상의 선공이 들어왔다.

주먹이 가슴을 향하는가 하면서 바로 유천의 팔을 잡아왔다. 팔을 잡고 관절을 꺾어버리려는 수법이 분명했다.

턱!

유천은 옆으로 흘리며 뒤로 살짝 물러섰다.

타다다닥!

빛살 같은 동작이 오가면서 아주 짤막한 동작들이 이어졌다.

보통 사람들처럼 긴 호선을 그리거나 사전 액션 같은 것은 전혀 없었다.

그저 격타할 수 있는 가장 최선의 길, 그리고 최단의 길을 택하는 조일상이었다.

유천은 거기에 맞춰 점점 몸을 움직여 갔다. 그렇게 치열하게 붙은 지 벌써 1분이 흘렀다.

옆에 있던 이한걸이 약간 지루한 표정을 질 무렵이었다.

조일상이 드디어 자신의 필살기를 들고 들어왔다.

휘익!

다가서는 발걸음이 마치 스텝을 밟듯 경쾌하게 사선을 그리고 다가섰다.

타닥!

유천은 바로 그 사선에 맞춰 몸을 부드럽게 옆으로 틀며 마주쳐 갔다.

타다닥!

드디어 정면으로 붙자 두 사람의 손이 엉켰다. 유천은 바로 힘을 불어넣어 상대를 밀었다.

타닥!

퍽!

일격에 정확히 조일상의 타격에 부딪쳤다.

조일상은 비틀비틀거리더니만 자세를 잡느라 애를 쓰는 모습이었다.

유천은 곧바로 손을 배에 대고 고개를 숙였다.

"잘 배웠습니다."

"대단하군요."

그때 이한걸이 나섰다.

"그래서 이 대 일로 하라 그러지 않았습니까."

그러자 조일상이 고개를 저었다.

"이 대 일도 어렵습니다."

"네?"

놀란 이한걸의 목소리가 들렸다.

"저분은 우리가 상대할 분이 아니더군요."

"아니, 당신들은 세계에서 알아주는 사람들 아닙니까?"

"세상에는 뛰는 놈 위에 나는 놈이 있게 마련입니다."

조일상은 순순히 패배를 시인했다.

옆에 있던 남자도 고개를 끄덕이며 유천에게 인사했다.

"한 수 배웠습니다."

"별말씀을."

세 사람은 서로 정중하게 인사했다.

그때 이한걸이 어이없단 얼굴로 버럭 소리쳤다.

"지금 뭐하는 겁니까?"

"우리가 이길 상대가 아닙니다."

깨끗하게 패배를 인정하는 두 사람을 보고 유천이 감탄을
했다.

저런 강한 자들이 순순히 자신의 패배를 인정하는 것이 쉽
지 않았다.

그러나 깨끗한 매너를 보이는 두 사람을 보고 유천은 눈빛

을 번쩍였다. 그러나 지금은 당장 먼저 해결해야 할 일이 급했다.

유천은 곧바로 두 사람에게 말했다.

"잠깐 실례 좀 해도 되겠습니까?"

"그러시죠."

유천은 두 사람의 목을 번개같이 쳤다.

"컥!"

짤막한 비명 소리와 함께 두 사람이 땅으로 쓰러졌다.

턱.

얼른 부축해 태권도장 바닥에 누인 후 유천이 낮게 중얼거렸다.

"그래도 돈 받으셨을 텐데 이게 최선입니다."

이대로 이한걸을 조진다면 두 사람은 큰 곤혹을 치를 게 너무도 뻔했다.

아차 하면 받았던 계약금마저 토해내야 할지도 몰랐다.

그런 것까지 대비한 유천의 작은 성의였다.

한마디로 조일상을 생각한 작은 배려였다.

사전 절차가 끝나자 유천은 이한걸의 목덜미를 잡고 끌었다.

"얘기 좀 하자고."

"이거, 이거 놔."

공포에 질린 이한걸이 발버둥 쳤지만 이미 손아귀에 잡힌 새나 마찬가지였다.

우둑.

유천이 손에 힘을 주자 이한걸이 인상을 찌푸리며 말도 제대로 하지 못했다.

"으윽."

"어디 부러지기 전에 까불지 말고 따라와."

"이러고 무사할·거 같아."

이한걸이 악을 쓰자 유천이 귀찮단 듯 배를 한 대 쳤다.

퍽.

"우욱."

내장이 뒤틀린 고통에 이한걸이 허우적대자 유천은 조용히, 그러나 거칠게 끌고 태권도장 내 사무실로 들어갔다.

철컥.

문을 닫은 다음 유천이 살기등등한 표정을 지으면서 이번에는 이한걸의 와이셔츠 깃을 부여잡고 허공으로 들어 올렸다.

"컥!"

숨이 막힌 듯 이한걸이 허공에서 발버둥 쳤지만 이미 맥이 풀린 터라 어떠한 저항도 할 수 없었다.

유천은 그런 이한걸에게 한마디 했다.

"끝까지 해봐."

"무슨 소리야?"

턱!

유천이 바로 이한걸을 내려놓았다.

이한걸은 목을 잡고 놀란 듯이 이리저리 움직였다.

유천은 그런 이한걸에게 한마디 했다.

"끝까지 밀어붙여 보라고."

"……."

이한걸이 침묵했으나 유천이 살벌한 목소리로 경고했다.

"죽어라 해. 알았어?"

"……."

"시발 놈아. 넌 돈으로 모든 걸 하잖아. 이번에도 그렇게 하라고."

두려움에 질려 침묵하는 이한걸에게 유천이 거듭 쏘아붙였다.

"넌 돈과 힘으로 사람들을 뭉갰지?"

"그건."

"닥치고 들어. 난 다르게 행동해. 끝까지 해보다가 안 되면 간단하게 정리하지?

"무슨 말이지?"

"널 죽이면 되지."

"……!"

놀란 이한결 얼굴이 새하얗게 변했다.

7장

새로운 도전

　유천은 그런 이한걸을 보며 차갑게 말했다.

　"약속하지. 꼭 죽여주마."

　"내가 순순히 당할 거 같아?"

　이한걸이 겨우 두려움을 떨치고 독기를 뿌렸다. 차라리 그 점이 마음 편해진 유천이 싱글거렸다.

　"발버둥 치고 싶으면 해."

　"날 죽이고 싶으면 죽여. 대신 너도 파멸이야."

　"어떻게 오는 놈들마다 개소리만 하는지."

　유천이 중얼거리자 이한걸이 더욱 기세등등하게 나갔다.

"이대로 보내주면 없던 걸로 하지."

"닥치고 하나만 보여주지."

유천이 다짜고짜 이한걸의 팔을 뒤틀었다.

"아악! 내 팔."

"엄살떨지 마."

유천이 냉소 지었지만 알고는 있었다.

지금 이한걸이 당하는 고통은 상상 이상이다. 팔이 부서지는 아픔이 잠시도 쉼 없이 엄습할 건 분명했다.

인연에서 얻은 수법이다.

인간의 고통을 극대화시켜 거의 코마 상태로 몰아넣었다.

"아악!"

점점 이한걸의 비명이 잦아들 무렵 유천이 비로소 손을 썼다.

뭉쳤던 혈을 풀었으나 이한걸은 아직도 혼란 상태였다.

유천이 발로 허리를 툭툭 찼다.

"엄살 피지 마. 아프지도 않은데 소리만 빽빽 지를래?"

"이 악……."

외치던 이한걸이 순간 멍청한 표정으로 변했다. 유천은 이미 짐작했단 듯 유들거리며 말했다.

"안 아프지?"

"이런……."

"이 수법은 풀면 바로 고통에서 해방되지. 물론 후유증이나 아무런 흔적이 없어. 아무리 네놈이 떠들어 봐야 정신병자 취급이나 받지."

"독한 놈!"

이한걸이 학을 떼자 유천이 다시 말했다.

"이건 약과야. 조금 더 강도를 높여볼까?"

"안 돼!"

이한걸이 손을 저으며 악을 썼다.

방금 전도 차라리 죽고 싶을 정도로 고통스러웠다. 귀한 집 아들로 태어나 이런 아픔은 생전 처음이었다.

당연히 무너지는 속도도 빨랐다.

거의 초죽음이 난 이한걸을 바라보던 유천이 비로소 가볍게 급소를 건드렸다.

"후."

고통이 사라지자 이한걸이 안도의 한숨을 몰아쉬었다. 그러나 유천은 잠시의 휴식도 허락하지 않았다.

"약속대로 한 대만 쳤다."

"무식한."

"널 죽이긴 쉬워."

"그럼 넌 무사할 거 같아?"

이한걸이 냉소를 보내자 유천이 비웃었다.

"너 내가 전에 뭘 배웠는지 알아?"

"……."

"흔적 없이 사람 죽이는 법."

"음."

이한걸의 표정이 살짝 두려움에 젖었다. 유천은 그런 이한걸에게 다시 공포를 심어줬다.

"널 죽여도 내가 한 줄 아무도 몰라. 왜? 알리바이 확실하게 만들고 해치울 거거든."

이한걸은 도무지 이해가 안 간다는 표정으로 유천에게 소리쳤다.

"도대체 뭘 하자는 거야!"

"한 가지 말해주지. 넌 판도라의 상자를 연 거야."

"판도라의 상자?"

"돌이킬 수 없는 일을 했단 의미지."

"……."

침묵하는 이한걸에게 유천이 씹어뱉듯 말을 이었다.

"네가 할 수 있는 최선을 다해 날 무너뜨리려 보라고."

"제정신이야?"

"멀쩡한 정신이지."

유천의 말에 이한걸이 어이없다는 듯이 웃었다.

"내 살다 살다 너같이 미친 인간은 처음 본다."

"말이 심하다?"

유천이 낮게 말하자 다시 움찔한 이한걸이 수그러들었다.

"편하게 하라며."

"어느 정도지."

"도대체 왜 이러는 거야? 너 물러나겠다고 했잖아."

"안 돼."

유천이 단호하게 거부하자 이한걸이 미칠 듯한 표정으로 변했다.

이래도 안 되고 저래도 안 된다는 유천의 말은 도무지 상식적으로 납득이 안 갔다.

"이유가 뭔데?"

"네가 먼저 건드렸잖아. 그러니 박 터지게 싸워보자고."

"그러다가 만약 네가 잘못되면?"

"넌 죽는 거지."

이한걸은 혼란스러웠다.

유천의 냉소 어린 말에 담긴 뜻이 섬뜩하기만 했다. 쉽게 말해서 어떤 결과가 나오더라도 자신을 가만두지 않겠단 의미였다.

다른 사람이라면 무시하겠지만 상대가 유천이란 점이 신경을 건드렸다.

'느낌이 안 좋아.'

잘못 건드렸다는 생각이 머릿속을 스쳤다.

그때 소르셀르리를 보고 남자로서 순간적인 욕망과 자존심으로 여기까지 왔다.

그런데 유천은 자신의 생각보다 훨씬 무서운 인간이었다.

유천은 거기까지만 하고 몸을 돌렸다.

"명심하고 움직여. 아, 그리고 한 가지 빠뜨렸다."

"뭐, 뭐야?"

"우리 일이 끝날 때까지는 해외에 나가지 마. 해외에서는 너를 보면 내가 어떻게 할지 모르겠다."

"해외 출장이 잡혔어."

"알아서 해."

그 말을 끝으로 유천은 밖으로 나가 버렸다. 혼자 남은 이한걸이 멍한 표정으로 변했다.

"어쩌라는 거야?"

유천의 말을 무시하고 해외 출장을 가기에는 너무도 가슴이 떨렸다.

유천의 실력을 본 이상 도무지 오금이 저려 갈 생각이 들지 않은 것이다.

그날 오후 조금 풀린 기분으로 수리 센터를 나서는 유천의 앞에 갑자기 소르셀르리가 나타났다.

유천은 깜짝 놀라 소르셀르리에게 다가섰다.

"여긴 어쩐 일이야?"

"걱정돼서 왔어요."

"걱정은 무슨. 별거 아니야."

유천은 대범한 모습을 보였지만 소르셀르리의 얼굴은 어두웠다.

"도대체 그 인간이 무슨 짓을 한 거예요?"

"자기 하고 싶은 짓을 한 거지. 같이 식사나 하자."

"지금 밥이 넘어가요?"

"그럼 굶을까?"

의뭉스러운 유천의 말에 소르셀르리는 웃고 말았다.

"가서 이야기해요."

"그러지 뭐."

유천은 차를 몰고 수리 센터를 나섰다. 뒤에 있던 이주봉이 소르셀르리를 보곤 눈을 크게 뜨며 말했다.

"예쁘기는 겁나게 예쁘네."

호젓한 북한산 커피숍에 두 사람이 앉았다.

유천이 먼저 말을 꺼냈다.

"갑자기 연락도 없이 어떻게 온 거야?"

"이야기 들었어요."

"음. 정보 부서에 다니는 사람다운 얘기는 하지 말고."

유천이 슬쩍 말을 자르자 소르셀르리가 물었다.

"정말 견딜 수 있겠어요? 이한걸이 치사하게 나온다면서요?"

"이 정도 가지고 무너질 거면 세상 살지도 않았어."

"꽤 피해가 크다고 들었어요."

"사업을 하다 보면 잘될 때도 있고 안 될 때도 있지. 뭐, 그렇게 크게 걱정할 건 아니야."

"제가 그 인간 만나볼까요?"

"그런 생각 꿈에도 꾸지 마."

유천이 강하게 나가자 소르셀르리가 움찔했다.

"왜요?"

"남자가 얼마나 못났으면 여자를 내세워 해결하려고 그러겠어?"

"저 때문에 발생한 일이잖아요."

"그런 건 상관없어. 지금은 나와 이한걸, 그 자식과의 일대일 싸움이야."

"하지만 유천 씨가 많이 불리하잖아요."

소르셀르리가 볼멘소리를 했으나 유천은 웃기만 했다.

"세상사 모르는 거야."

"혹시 나쁜 생각 품은 건 아니죠?"

"지금은 아니야."

유천의 의미심장한 말에 소르셀르리가 고민스러운 표정을 지었다.

"그가 잘못되면 유천 씨도 큰일 나요."

"그럴 일은 없어. 난 프로니까."

"유천 씨의 실력은 저도 믿어요. 하지만 가급적이면 좋게 해결하는 게 좋아요."

"이미 그럴 선은 넘었어. 그런 얘기하러 여기까지 온 거야? 기왕 온 김에 우리끼리 즐거운 이야기를 해야지."

유천은 욕망에 가득한 눈빛을 쏟아냈다.

소르셀르리도 그 눈빛이 싫지 않은 듯 살짝 몸을 틀었다.

그렇게 의기투합한 두 사람은 바로 북한산에 있는 특급호텔로 발길을 옮겼다.

이 순간만큼은 둘만의 공간이었다.

유천은 소르셀르리의 어깨를 감싸 안고 들어가면서 내심 중얼거렸다.

'속 터지겠지?'

다음 날 오전 사무실에서 유천이 계산기를 두드려 본 후 헛웃음을 터뜨렸다.

"한 달 적자폭이 상당하네."

어지간한 직장인 연봉만큼 한 달 만에 밑 빠진 독처럼 돈이 빠져나가고 있었다.

그러나 유천은 자신의 통장 잔고를 생각해 보고는 피식 웃었다.

"뭐, 몇 년은 버티겠네."

짐짓 여유를 부렸지만 속은 쓰렸다.

목숨 걸고 번 돈이 허공으로 사라지는데 기분 좋을 리 없었다.

다만 자신이 이렇게 손해 본 만큼 이한걸도 손해 보는 돈이 만만치 않다는 생각이 들었다.

물론 그가 가진 돈에 비하면 피해가 아무것도 아니란 점이 감정을 부글부글 끓게 만들었다.

그러나 이대로 계속 갈 수는 없었다.

"어떻게 번 돈인데."

이렇게 물처럼 날릴 수는 없었다.

아무래도 이정명 기획실장의 제의를 거부하긴 힘들 것 같다.

결정을 내린 유천이 어머니를 찾았다. 어머니는 하도 자주 있는 일이라 그런지 이제는 유천의 얼굴만 봐도 감을 잡은 듯한 표정이다.

"이번엔 무슨 일이니?"

"별일은 없고요. 드릴 말씀이 있어서 왔습니다."

"무슨 일인데?"

"아무래도 외국에 좀 나가야 되겠습니다."

"또 나가니?"

어머니의 표정이 급격히 어두워진 걸 본 유천이 얼른 말했다.

"솔직히 말씀드릴게요. 수리 센터가 조금 어렵습니다. 외국인 정비사들이 더 많은 돈을 주는 곳으로 가버렸습니다."

"그런 일이 있었니?"

어머니의 얼굴이 조금 어두워지면서도 한편으론 뿌듯한 표정을 지었다.

유천이 처음으로 회사 문제에 대해 자세히 이야기해 줬기 때문이다.

유천은 그런 어머니에게 반은 진실, 반은 거짓을 섞어 이야기했다.

"그래서 외국에 가서 다시 기술자들을 데리고 와야 될 거 같습니다."

"그렇게 해야 될 거 같구나. 오래 걸리겠니?"

"아무래도 사람들 설득한다는 게 쉽진 않겠죠."

"그렇겠지. 그런데 어미 입장에선."

"압니다. 서운하신 거. 하지만 더 잘살기 위해서는 필요한 겁니다."

"그래그래. 알았다."

어머니는 더 이상 말하지 않았다.

유천은 어머니의 손을 꼭 붙잡고 말했다.

"어머니, 젊어서 부지런히 세계를 제집처럼 드나들어야 나중에 배운 거라도 있지 않겠습니까?"

"그렇지. 시야를 넓게 봐야지."

얼떨결에 대답한 어머니를 살짝 끌어안았다.

"우리 어머니."

"이 녀석이, 징그럽게 왜 이래."

말은 그러면서도 어머니는 유천을 뿌리치지 않았다. 그렇게 모자지간에 스킨십은 한동안 이어졌다.

어머니와 헤어진 유천이 곧바로 이주봉에게 찾아갔다.

"주봉아."

"목소리를 들어보니 뭔가 심각한 일이 계시군요."

"그래."

"형님, 도대체 이번엔 또 무슨 일을 하시려고요?"

이주봉은 걱정스러운 눈치였다.

그도 유천이 해외에 나가서 하는 일이 쉬운 일이 아니라는 것을 어느 정도 알기 때문이다.

유천은 그런 이주봉에게 말했다.

"외국에 좀 다녀와야 될 거 같아."

"또 가십니까?"

"그럼 이대로 망할래?"

"……."

유천의 한마디에 더 이상 말하지 못하는 이주봉이 고개를 푹 숙였다.

"시간이 좀 걸릴지도 몰라."

"제가 도와드릴 일은 없을까요?"

"응. 있어."

"뭡니까?"

반색하는 이주봉에게 유천이 싱긋 웃었다.

"수리 센터 잘 운영해라."

"형님, 그게 무슨 말씀입니까? 같이 가자고 해야 되는 거 아닙니까?"

"수리 센터는 누가 보고? 너만큼 믿을 사람 있어?"

"그게……."

우물쭈물하는 이주봉에게 유천이 말했다.

"시간이 없다. 빨리 가서 해결하고 와야지."

이주봉은 절대 가라는 소리를 입에서 꺼내지 않았다. 하지만 유천이 이 정도면 됐다고 생각했는지 자리를 박찼다.

"나머지 사람들은 네가 알아서 연락해라."

"형님."

"방법이 없어. 그리고 이번 일만 잘되면."

"저번에도 그랬지 않습니까."

"누가 이한걸 같은 새끼가 나타날 줄 알았냐?"

"형님이 자초하신 거 아닙니까."

이주봉이 볼멘소리를 하자 유천이 인상을 찌푸렸다.

"한 번 무너지면, 두 번 무너진다."

"그건 그렇습니다."

대번에 태도가 돌변한 이주봉을 보고 유천이 어이없다는 듯이 바라봤다.

"도대체 어느 게 너의 진심이냐?"

"둘 다입니다. 수리 센터를 생각하면 머리가 아프고, 형님을 생각하면 지금 마음입니다."

"고맙다."

유천은 한 마디로 심정을 표현했다.

이주봉은 더 이상 말하지 못한 채 묵묵히 유천을 바라봤다.

"바로 가십니까?"

"아니, 내일 아침 비행기로 간다. 나중에 연락할게. 잘 부탁한다."

유천은 냉정하게 돌아섰다. 공연히 더 있어 봐야 그저 신세

타령만 나올 뿐이었다.

정확히 아침 아홉 시.

띠리링—

유천의 휴대폰이 울었다.

유천은 기다렸다는 듯이 휴대폰을 받아 들었다. 누군지는 번호를 보지 않아도 익히 알 만했다.

이 아침부터 전화 올 사람은 그밖에 없었다.

"정유천입니다."

—이정명 기획실장입니다. 준비 다 되셨습니까?

"어디로 가면 될까요? 본사로 가면 됩니까?"

—네, 이쪽으로 오시면 됩니다.

"이따 뵙겠습니다."

최대한 부드럽게 말하려고 했으나 위협적인 목소리는 감출 수가 없었다.

유천은 통화를 마치고 나자 피식 웃었다.

"늘 사람만 부려봤으니까."

유천은 한편으로 다르게 생각했다.

이정명 기획실장도 맨 처음엔 신입사원으로 어리바리할 때가 있었을 것이다. 그러나 사람은 과거를 망각하게 마련이다.

"나는?"

그 생각이 들자 유천은 잠시 마음이 숙연해졌다.

"겸손해야지."

단돈 100만 원 때문에 쩔쩔매던 시절이 기억났다. 그때에 비하면 지금은 너무나 가진 게 많다.

"잃은 게 있는데."

유천은 씁쓸하게 웃었다. 언제부터인가 작은 것에 기뻐하던 마음이 사라진 걸 느꼈다.

오늘 유천은 이정명 기획실장의 전화 한 통화를 받으면서 본의 아니게 여러 가지 생각에 잠길 기회를 얻었다.

시간이 되자 유천은 곧바로 밖으로 나가며 어머니에게 인사했다.

"다녀오겠습니다."

"바로 가는 거니?"

"자꾸 불효만 저질러서 죄송합니다, 어머니. 옆에 있어야 되는데."

"아니다. 젊었을 때는 활기차게 다녀야지. 잘 다녀와라. 몸 건강히 하고."

어머니는 애써 태연한 척했으나 섭섭한 기운이 눈빛에 그대로 나타났다.

유천은 바로 그런 어머니를 살며시 끌어안았다.

"사랑해요, 엄마."

"그래, 객지에서 몸조심하고."

어머니가 환하게 웃었다.

어머니와 헤어진 다음 유천은 현관을 나서다 바로 이주봉을 만났다.

"이제 가시는 겁니까?"

"다녀올게."

짤막하게 이야기하고 가려는 순간 이주봉의 동생 부부가 나와 고개를 숙이는 모습이 보였다.

"다녀오세요, 사장님."

"잘 지내."

유천은 부드러운 미소를 머금고 집을 나섰다.

차에 시동을 거는 순간 유천이 중얼거렸다.

"집 나가기 힘들다."

여기저기 인사할 때가 너무 많다는 것을 느꼈다.

그러나 다들 자신을 아껴주는 따뜻한 마음이 있었기에 유천은 기쁜 마음으로 차를 몰았다.

10시.

대현그룹 현관에 도착한 유천이 차를 세우자 바로 경비원이 나섰다.

"어떻게 오셨습니까?"

"이정명 기획실장님을 만나러 왔습니다."

"아, 혹시 정유천 씨입니까?"

"그렇습니다만."

"연락받았습니다. 내리시죠. 차는 제가 알아서 파킹해 놓겠습니다."

"그럼."

유천은 짤막하게 말하고는 건물 안으로 들어섰다.

그런데 안에 들어서자마자 곧바로 단정한 여직원 하나가 그에게 다가왔다.

"정유천 씨죠?"

"그렇습니다만."

"제가 안내해 드리겠습니다."

"……."

유천은 대답 없이 고개를 끄덕였다.

엘리베이터 앞에는 수많은 사람이 몰려 있으나 여직원과 유천은 그쪽을 지나갔다.

안쪽으로 들어가자 한 대의 엘리베이터가 있었고, 그 앞에는 남자가 서 있었다.

남자는 유천을 보자마자 고개를 숙였다.

"방문을 환영합니다."

"아, 네."

철저한 시스템으로 돌아가는 대기업의 생리를 보자 유천은 감탄했다.

'괜히 대기업이 아니군.'

철저한 사람 부림이었다. 하지만 유천이 보기에는 그리 좋아 보이지는 않았다.

돈으로 사람을 부리는 듯한 이미지가 거부감을 불러일으켰다.

엘리베이터를 타고 올라가 내리자 곧바로 사무실이 보였다.

그 앞에는 벌써 한 명이 대기하고 있다가 유천을 안내했다.

"이쪽으로 오시죠."

그를 따라 들어간 곳은 10평 남짓한 방이었다.

방 안을 본 유천은 깜짝 놀라고 말았다. 안에는 소파는 물론, 아무런 장식도 없었다.

다만 간이의자 네 개만이 덩그러니 놓여 있을 뿐이다.

그 의자 중 하나에 앉아 있던 이정명 기획실장이 유천을 보고 얼른 일어섰다.

"오셨습니까?"

"꽤 단출하네요."

"도청을 막고자 한 겁니다. 이 세계가 원체 치열해서."

"아, 그렇군요."

"앉으시지요."

유천은 더 이상 묻지 않고 자리에 앉았다. 그러자 이정명 기획실장이 바로 그에게 서류를 내밀었다.

"말씀하신 대로입니다."

"읽어봐도 될까요?"

"그럼요."

이정명 기획실장은 바로 팔짱을 끼고 몸을 뒤로 기댔다.

유천에게 편안하게 읽어 보라는 배려임이 한눈에 느껴질 정도였다.

유천은 천천히 계약서의 한 구절 한 구절을 읽어봤다.

'계약서는 잘 봐야 돼.'

누군가에게 들었던 기억이 났던 탓이다.

8장

미끼

　한 글자, 한 글자 꼬박꼬박 살펴본 유천이 비로소 펜을 꺼
내 들고 계약서에 사인했다.

　이정명 기획실장은 계약서를 유천에게 한 부 주고, 다른 한
부를 자신이 간직했다.

　"공중 내걸으셔도 됩니다."

　"당연히 그럴 생각입니다."

　유천이 말을 받자 이정명 기획실장이 그제야 웃음을 보였
다.

　"엄청난 조건을 내세워서 힘들었습니다."

"……."

유천은 대구하지 않았다. 공연히 말해서 말려들 생각도 없었다.

계약을 마친 유천은 그제야 본론에 들어갔다.

"이제부터는 정확한 정보를 주서야겠습니다."

"그래야죠. 일단 기본적인 정보는 여기 있습니다."

준비된 서류 몇 장을 건네주는 이정명 기획실장의 손길이 어딘지 모르게 떨렸다.

유천은 서류를 받아보고 줄줄 읽어 내려갔다.

몇 군데가 마음에 걸렸지만 참고 끝까지 읽어 내려간 후 시선을 들었다.

"잘 봤습니다."

"그렇습니까?"

이정명 기획실장이 안도의 한숨을 몰아쉬는 순간 유천의 날카로운 질문이 이어졌다.

"서류를 보니 처음에 이미 여덟 명이 갔다고 됐는데, 어떻게 된 겁니까?

"그게, 참."

한숨을 푹 내쉬는 이정명 기획실장에게 유천이 다시 물었다.

"지금 시간이 없습니다. 일주일 남았더군요."

"설계도를 찾거나 폐기하기 위해 군 훈련교관 등 전문가로 구성하여 보냈습니다만 이쪽의 정보가 샜는지 공안들의 불신 검문에 무기소지가 걸려 모조리 강제추방을 당했습니다."

"설계도를 훔친 자와 한통속인 인간들이 손을 쓴 게 분명하군요."

"공안하고 그 정도 밀착되었을 줄 예상하지 못했습니다."

이정명 기획실장의 솔직한 말에 유천이 다음 질문을 던졌다.

"서류를 보니 정확한 위치도 나와 있지 않는데요."

"베이징 북쪽 근방이라는 것만 알지 정확한 건 저희도 더이상 파악이 불가합니다. 그거 파악하는 데도 고생을 많이 했습니다."

"좌우간 제가 파악하고 제거하는 데까지 남은 시간이 일주일뿐이라는 이야기군요."

"시간이 촉박하지만 부탁드리겠습니다."

이정명 기획실장의 말에 유천이 질문을 던졌다.

"일주일 후에는 파기해 봐야 소용이 없다는 이야기죠?"

"그때는 이 계약서가 휴지가 되겠죠."

이정명 기획실장이 그제야 냉정한 목소리로 말했다.

유천은 그런 이정명 기획실장의 목소리에도 아랑곳하지 않고 생각에 잠겼다.

위치도 정확히 모른다면 광활한 중국 대륙에서 어디로 가야될지를 몰랐다.

베이징 북쪽이 어디 한두 군데인가.

그 생각을 하니 한숨이 절로 나올 지경이었다.

유천은 허를 찌르기로 마음을 굳혔다. 그 마음을 먹자 유천이 바로 이정명 기획실장에게 말했다.

"제가 공항에 갈 때 같이 가십시오."

"그럼 신분이 노출될 텐데요."

"그러면 저보고 어떻게 찾으라는 겁니까?"

"아, 먼저 유인하시겠다. 하지만 너무 위험하지 않겠습니까?"

이정명 기획실장이 살짝 걱정스러운 목소리로 말하자 유천이 같잖다는 듯이 대꾸했다.

"어차피 사지로 내모는 거 아닌가요?"

"……."

그 말에 침묵하는 이정명 기획실장을 보고 유천이 말했다.

"비행기는 언제입니까?"

"오후 1시 비행기입니다만, 12시까지만 공항에 가면 됩니다. 나머지 출국 수속은 저희가 알아서 조치해 놨습니다."

"가시죠."

"한 가지 말씀드릴 게 있습니다."

"말씀하십시오."

유천이 말하자 이정명 기획실장이 미안한 듯 말했다.

"어떤 무기도 소지할 수 없습니다. 보나마나 공안 쪽에서 건드릴 게 분명합니다."

"그럴 생각도 없습니다."

"저들이 칼로 무장했다고 생각하시면 안 됩니다. 중국은 총기가 많은 나라입니다. 모두 총으로 중무장을 했을 게 분명합니다."

"총이라. 신물 나게 많이 봤죠."

유천은 외인부대를 떠올리면서 빙긋 웃었다.

이정명 기획실장도 그것을 짐작했던지 더 이상 묻지 않고 다른 말을 꺼냈다.

"무기를 중국에서 공급할 데도 없습니다. 아마 공안 쪽에서 감시의 눈을 번뜩일 테니까요."

"무기는 스스로 만들겠습니다."

"어떤 무기신지?"

"그거 알면 뭐하시겠어요? 가시죠."

유천이 자리에서 박차고 일어서자 이정명 기획실장이 따라 일어섰다.

"그런데 정말 저랑 같이 가서 노출돼도 괜찮겠습니까?"

"아니면, 어떻게 제가 꼬리를 잡습니까?"

"위험할 텐데."

"가는 거 자체가 위험합니다."

유천은 더 이상 말을 아꼈다.

여기서 더 이야기해 봐야 더 이상 얻을 수확은 없었다. 중국 현지에 가서 부딪치는 게 최고였다.

옆에 나란히 걷던 이정명 기획실장이 걱정스러운 듯이 유천에게 물었다.

"혹시 중국어는 할 줄 아십니까?"

"약간요."

"언제 중국어를 배우셨습니까?"

이정명 기획실장은 유천이 중국어를 할 줄 안다는 것에 놀라 물었다.

"외인부대에서 중국인 친구가 있었습니다. 그 친구한테 일상 회화 정도는 배웠고, 한국에 들어와서도 심심풀이로 했습니다."

"그럼 회화는 가능하십니까?"

"뭐 일상적인 대화 정도는 가능하죠."

유천이 대답하자 이정명 기획실장이 고개를 끄덕였다.

"다행입니다. 중국어를 못해도 상관없었지만 할 줄 안다면 더 좋군요."

유천이 가장 중요한 걸 물었다.

"만약 자료를 가져오지 못하고 파기해야 한다면 어떻게 해야 합니까?"

"이걸 가져가십시오."

이정명 기획실장이 준 것은 작은 USB였다.

"이게 뭡니까?"

"강력한 컴퓨터 바이러스 프로그램이 들어 있습니다. 이 프로그램이 본체에 깔리면 연결됐던 모든 컴퓨터의 자료가 다 파기되어 버립니다."

"그런 것도 있습니까?"

"해커의 세계는 무섭죠."

"이거는 공항에 들어갈 때 걸리지 않겠습니까?"

"별문제는 없을 겁니다. 겉으로는 그냥 일반적인 자료로 위장되어 있습니다. 하지만 비밀번호를 넣으면 전혀 다른 프로그램이 나타납니다. 컴퓨터 전문가라면 찾아내겠지만 출입국 관리소에서 그 정도까지 조사하진 않을 겁니다."

"좋은 계획이군요."

유천은 고개를 끄덕였다.

대현그룹에서 얼마나 이 일에 심혈을 기울였는지 알 만했다.

유천은 공항으로 가기 직전 이정명 기획실장에게 물었다.

"혹시 휴대폰 위치 추적이 가능합니까?"

"중국에서요?"

"그럼 여기서 추적하겠습니까?"

"어렵지만 충분히 가능합니다. 휴대폰 번호만 알려주면 위치 정도는 잡을 수 있습니다."

유천은 고개를 끄덕였다.

더 이상 자세한 말을 삼가자 이정명 기획실장이 궁금한 표정이었지만 이내 입을 다물었다.

대신 이정명 기획실장이 유천에게 사진 한 장을 내밀었다.

"이자입니다. 설계도를 훔쳐 중국으로 달아난 김기영이란 자입니다."

분노가 치미는 듯 이정명 기획실장이 손을 부르르 떨었다.

유천은 그런 이정명 기획실장의 표정 따위는 관심이 없었다.

자신은 그저 해야 할 일만 하면 그만이었다.

유천은 사진 속에 인물을 머릿속에 또렷이 박고 박았다. 그리고는 다시 이정명 기획실장에게 밀어 넣었다.

"잘 봤습니다."

"안 가져가실 겁니까?"

"증거를 남기지 말아야죠."

프로의 냄새를 풍기는 유천을 보고 이정명 기획실장이 믿음직한 표정이었다.

"대기업 하나를 휘청거리게 만들 범죄를 저지른 자입니다. 다시는 이런 일이 없도록 조치해 주시기 바랍니다. 가능하면 한국으로 돌아오지 않았으면 좋겠습니다."

무서운 말이다.

한마디로 흔적 없이 제거하라는 이야기였다.

유천은 그 말에 가타부타 이야기하지 않았다.

"그건 제가 알아서 하죠."

"믿겠습니다."

이정명 기획실장이 만족한 듯 환하게 웃었다. 그러나 유천은 한 가지가 미심쩍었다.

다짜고짜 죽여라?

기업인이 할 말은 아니었다.

그렇다면?

유천이 알지 못할 내막이 있단 판단이 섰다.

'가서 판단하자.'

유천은 내심 결정을 내렸다.

오후 늦게 베이징 공항에 도착한 유천이 입국장을 나섰다.

"젠장."

그런데 입국 수속에서부터 다른 승객과 자신은 전혀 다른 대우를 받았다.

"이건 뭐죠?"

짐 하나까지 샅샅이 뒤지는 출입국 관리국 직원의 모습을 보면서 유천은 상대의 입김을 능히 짐작할 수 있었다.

'완전히 테러리스트 대접이네.'

유천은 충분히 감수할 만한 일이었다.

그렇게 입국 수속을 아주 까다롭게 받은 유천의 기분이 그리 좋을 리는 없었다.

조용히 입국장을 나서자마자 유천은 따가운 시선을 여기저기서 느낄 수 있었다.

고개를 돌려 곁눈으로 봤을 때 몇 군데에서 무전기를 들고 이야기하는 모습이 보였다.

"그렇게 신경 쓰이냐?"

유천이 빙긋 웃으며 의젓한 걸음으로 공항 밖으로 나갔다.

유천이 몇 발자국 걷기도 전에 한 남자가 다가섰다.

"정유천 씨죠?"

"대현그룹에서 나왔습니까?"

"여기."

"고맙습니다."

남자는 긴장된 표정으로 누런 서류 봉투를 건네줬다. 유천이 받아다 가방에 넣자 남자가 조용히 말했다.

"20만 달러입니다. 그럼."

남자는 더 이상 말도 하지 않고 멀리 멀어져 갔다.

"외환 관리법이 귀찮긴 해."

유천이 중얼거리며 앞으로 걸었다.

한국에서 이런 거금을 들고 나오면 공항에서부터 난리가 나게 마련이다.

결국 대현그룹 측에서 사전에 준비한 계획 중에 하나이기도 했다.

"필요할 때가 있을 거야."

유천은 호텔에 들어서자마자 곧바로 짐을 내려놓고 밖으로 나갔다.

유천이 간 곳은 베이징에서도 약간 한적한 뒷골목이다.

뒷골목에 있는 한 상점 안에 들어간 유천이 돌아 나온 것은 10여 분이 훨씬 지난 뒤였다.

유천은 산 물건을 들고 다시 호텔로 발길을 옮기는 순간 그의 앞을 가로막는 두 사람이 있었다.

"잠깐만요. 공안입니다."

손에 든 신분증을 본 유천은 순순히 제자리에 섰다. 공안 중 한 명이 유천에게 위압적으로 말했다.

"잠시 검문 좀 하겠습니다. 손에 든 걸 주시죠."

"여기요."

유천은 순순히 검은 봉지를 내밀었다.

공안 둘은 봉지 안에 든 걸 샅샅이 살펴보고는 어이없는 표정을 지었다.

"이건 뭡니까?"

"장난감이요."

"아니, 웬 장난감을?"

"호텔에서 심심할 때 레고나 좀 할까 해서요."

유천의 말에 공안은 일그러진 얼굴로 변했다. 그러나 이내 표정을 바꾸며 정중하게 경례했다.

"불편을 드려 죄송합니다."

"별말씀을, 고생하십시오."

유천이 다시 봉지를 받아 들고는 천천히 걸음을 옮겼다.

뒤에 남았던 공안이 중얼거렸다.

"저거 뭐야?"

"내 말이."

"완전히 바보 됐네. 가자고."

공안들이 못마땅한 표정을 지으며 제 갈 길로 멀어져 갔다.

호텔로 돌아온 유천은 혼자 크게 웃었다.

"하하!"

유천이 간 것은 공안이 과연 검문할 것인지를 알아보는 것이 주목적이었다.

당연히 공안에게 걸릴 수 있는 물건은 전혀 사지도 않았다.

"아무 물건도 살 수 없다 이거지?"

유천은 밖으로 나간다면 다시 공안의 검문을 받을 것을 알았다.

"하긴."

유천이 이해하는 대목이었다.

중국 공안들이 중국 기업 편을 들지 한국 기업 편을 들리는 없다. 그렇다면 최대한 조심하는 것이 상책이다.

유천은 호텔 안을 유심히 살펴봤다.

무기로 쓸 만한 걸 살펴봤지만 어느 것도 마땅한 것이 없다.

"그렇다고 칫솔 들고 공격할 순 없잖아?"

유천이 피식 웃으며 호텔에서 쓸 만한 무기를 얻는 것을 포기했다.

"자연에서 얻자."

유천이 편안하게 생각하기로 했다.

유천은 그날 TV시청을 하며 편안하게 시간을 보냈다.

띠리릭.

갑자기 휴대폰이 울자 유천이 얼른 받아 들었다. 확인해 보니 이정명 기획실장이었다.

"네, 실장님."

―어떻게 되고 있습니까?

"글쎄요. 뭐 조만간에 업무를 진행하러 가야겠죠."

―시간이……

"압니다. 그리고 정확한 이야기는 하지 마시죠."

유천의 말에는 혹시나 모를 도청을 대비하고 있었다.

이정명 기획실장도 그 사실을 인지했던지 곧 말을 돌렸다.

―잘 부탁드립니다.

"그럼."

유천은 말없이 전화를 끊어버렸다.

"귀찮게 하네."

하지만 이정명 기획실장의 입장도 충분히 이해가 됐다.

자신이 실패한다면 그야말로 큰일이기 때문이다. 대현그룹이 흔들릴 만한 중대한 사안이었다.

그러나 유천은 그날 이정명 기획실장의 안타까움을 뒤로하고 편안하게 꿈나라로 향했다.

다음 날 오전.

유천이 드디어 움직일 준비를 마쳤다.

유천은 호텔 밖으로 나가 천천히 걸었다.

그러자 뒤에서 따라붙는 공안이 느껴졌으나 유천은 신경

조차 쓰지 않았다.

"호위병이라고 생각하지, 뭐."

유천은 편안하게 베이징의 유명 관광지를 둘러보며 한적한 시간을 보냈다.

그렇게 오전이 지날 무렵 어느 순간부터 공안들의 기척이 느껴지지 않았다.

"그래, 니들이라고 백날 나만 쫓아다닐 수 없겠지."

아무런 반응을 보이지 않는 유천을 쫓아다니는 것은 곤욕이다. 그 덕분에 공안들의 감시가 허술해진 것이다.

유천이 어느 한쪽을 살펴보고 씩 웃었다.

공안들은 식당에서 식사 중인 모습이 보였다.

"기회로군."

유천은 빠르게 지나가는 택시를 잡아탔다. 택시기사가 심드렁하게 물었다.

"어디 가십니까?"

"베이징 북쪽으로 가주세요."

"북쪽 어디요?"

"우선 그쪽으로 가주시면 됩니다."

유천은 거기까지만 말하고 눈을 감았다.

택시 기사는 순간적으로 황당한 표정이었지만 이내 눈빛이 번쩍였다.

보나마나 봉을 잡았다는 표정으로 바가지를 씌우려는 게 분명했다.

유천도 짐작한 일이었지만 중요한 건 다른 데 있었다.

"어떻게 나올까?"

상당히 궁금한 대목이었다.

그들이 어떤 행동을 취할지는 굳이 보지 않아도 알 만했다.

'자, 붙어 보자고.'

유천은 몸 안에 있는 모든 능력을 이미 개방해 놓은 상태였다.

지금은 잠시의 방심도 생명과 직결되는 상황이었다.

짜릿한 긴장감이 전신에 솟아올랐다.

이런 긴박감이 곧 유천의 모든 세포 하나하나를 일깨워 팽팽히 당겨진 활시위 같은 상태로 만들었다.

그러나 겉으로 보기에 유천은 그저 눈을 감고 쉬는 편안한 관광객의 모습이었다.

눈을 감고 쉬던 유천의 귀에 무언가가 잡혔다.

띠익띠익.

살며시 눈을 떠보자 택시기사가 열심히 휴대폰으로 문자를 보내고 있었다.

그런데 운전자의 행동이 조금 이상했다.

조금 긴장한 듯 경직된 손놀림이 한눈에 들어왔다.

'시작인가?'

유천은 모르는 척 눈을 감은 상태로 편안한 척 위장했다.

택시기사는 백미러로 흘낏 유천을 살펴보고는 가속페달을
밟았다.

부웅.

차는 점점 더 속도를 붙이며 어디론가 달려가고 있었다.

유천은 실눈을 뜨고 사방을 살펴봤다.

조금씩 조금씩 시내와 멀어지고 한적한 시골길에 접어들
었다.

유천은 때가 됐음을 알고 슬며시 눈을 뜨며 입을 열었다.

"잠깐 이쪽에 세워주세요."

"무슨 일이신지."

"오줌이 급해서."

"아, 그러시군요."

택시기사는 상냥한 표정으로 차를 옆에 세웠다.

그런데 차를 세우는 순간 유천의 손이 벼락같이 택시기사
의 목을 잡았다.

"컥!"

놀란 택시기사가 긴장하는 순간 유천의 싸늘한 목소리가
들렸다.

"어디야?"

"무, 무슨 말씀인지."

"어디서 날 데려오라는 문자를 받았어?"

"그, 그런 적 없습니다."

"네 문자 확인해 봐? 만약 사실이면 넌 죽는다."

유천의 스산한 목소리가 들리자 택시기사의 얼굴이 사색으로 변했다.

"아, 아니, 그게."

"네가 보기에 내가 평범해 보이지는 않지? 너 하나 죽이는 건 일도 아니야."

유천은 말하면서 목에 힘을 줬다.

그러자 머리로 올라가던 혈류가 막혀 택시기사의 얼굴이 새파랗게 변했다.

"컥컥!"

숨을 못 쉬어 헉헉거리는 순간 유천이 살며시 손의 힘을 풀었다.

"어때?"

"저는……."

"죽고 싶군."

"아니, 그게 아니고. 그, 그냥 문자만 받았습니다. 정말입니다!"

택시기사의 목소리가 대번에 떨려나왔다.

아무래도 지금 거짓말을 했다간 자신의 목숨이 날아갈지도 모른다는 두려움이 든 때문이었다.

택시 기사의 목 메인 변명을 듣던 유천이 최대한 위협적으로 물었다.

"어디로 안내하라 했지?"

"이, 이쪽으로 조금만 더 가시면 됩니다."

"얼마나?"

"이쪽으로 10킬로미터만 가면 야산이 나옵니다. 거기 도착해 인적 없는 넓은 공터에 차를 세우라는 문자를 받았습니다."

유천은 차에서 내리려다 잠시 멈칫했다.

"이대로 가면 신상에 안 좋을 텐데."

"괜찮습니다."

"결혼했어?"

"아뇨."

당장 멀리 있는 두려움보다 가까이에 있는 죽음의 공포가 더 큰 모양이었다.

유천은 택시 기사에게 집히는 대로 돈을 집어줬다. 어림잡아 1천 달러는 되는 돈이었다.

"이 돈으로 어디 다른 데 가서 살도록 해."

"가, 감사합니다."

"그리고 미안하지만 잠시 눈 좀 붙여."

턱!

"큭!"

짤막한 비명과 함께 택시기사가 시트에 목을 기댔다.

혹시 몰라 택시기사를 기절시킨 후였다. 그냥 내버려 뒀다가 공연히 입을 나불거려 일만 귀찮게 만드는 건 질색이다.

유천은 재빨리 뒷문을 열고 택시기사를 길게 눕혔다.

"가볼까?"

10킬로미터란 거리를 굳이 힘들게 걸어갈 필요는 하나도 없었다.

9장

거래

다행히 숲이 울창한 지역이라 여기까지 상대방이 감시할
리는 없다는 생각이 들었다.

부웅!

잠시 택시를 몰아가던 유천의 눈이 반짝였다.

옆에 농로 같은 조그만 샛길이 보이자 곧장 그쪽으로 방향
을 틀었다.

나무가 울창해 밖에선 전혀 보이지 않을 만한 곳에 적당히
주차한 유천이 시동을 껐다.

그제야 차에서 내린 유천이 자그마한 배낭을 등에 멨다.

혹시 몰라 출국할 때부터 번거로운 짐 따위는 생략한 간단한 차림이었다.

유천은 택시에서 멀어지자마자 바로 배낭에서 장갑을 손에 끼웠다.

앞으로 어떠한 일이 벌어질지 모르는데 지문을 남기는 어리석은 짓을 해서는 안 됐다.

툭툭!

혹시 모를 지문까지 비벼서 깨끗이 흔적을 지운 후에야 유천이 눈빛을 빛냈다.

"붙어 보자고."

저벅저벅.

유천은 편안한 길을 버리고 산속으로 걸음을 옮겼다.

산길은 평지보다 걷기가 몇 배는 힘들었다.

그러나 오랜 훈련으로 단련된 유천에게 별다른 어려움이 없었다.

더군다나 능력을 가진 후에는 이런 산길은 그에게 아무것도 아니었다.

유천은 산길을 거의 달리다시피 거침없이 위아래로 오르내렸다.

그렇게 20여 분이 지나자 어느덧 유천의 앞에는 넓게 펼쳐진 공터가 보였다.

유천은 그때부터 발소리를 죽이고 최대한 접근하기 시작했다.

가는 도중 길가에 보이는 조그마한 돌멩이 다섯 개를 손에 쥔 채 은밀하게 움직였다.

특전사에서 배웠던 인간의 한계를 넘나든 훈련이 이 대목에서 큰 힘을 발휘했다.

소리 없이 움직였지만 속도는 보통 사람이 걷는 속도 이상으로 빠르게 접근해 갔다.

물론 인기척을 최대한 죽여 은밀하게 이동한 건 기본이었다.

마침내 택시기사가 말했던 공터에 도착하자 얼른 나무 뒤로 몸을 숨겼다.

자세히 둘러보니 은밀히 숨어 있는 세 명의 남자가 보였다.

"저들이군."

그들의 손에는 저마다 러시아제 AK소총이 들려 있었다.

그들은 모두 AK소총에다가 소음기를 끼운 채 전면을 예리하게 노려봤다.

유천은 그들을 잠시 지켜보기로 결정했다.

지금 숨어 있는 상태에서 돌멩이를 던져 봐야 정확도가 떨어지게 마련이다.

몸이 노출됐을 때, 하다못해 머리라도 있을 때 공격해야 효과를 보기 좋았다.

그렇게 이삼 분쯤 지났을 때 가는 목소리가 귀에 들렸다.

"오면 어떻게 합니까?"

"뭘 어떻게 해? 서자마자 갈겨."

"택시기사는요?"

"내가 왜 그런 놈 신경 써야 되나?"

차갑고 냉정한 목소리였다.

유천은 그 목소리를 듣고 고개를 끄덕였다.

"고맙다."

저들에게 베풀어야 될 인정머리를 단숨에 지워 버릴 아주 고마운 말이었다.

그가 생각하는 사이 세 명의 목소리가 다시 들렸다.

"안 오는데?"

"이게 잘못된 거 아니야?"

"가봐야 되는 거 아닙니까?"

자기들끼리 웅성웅성거리더니만 리더로 보이는 남자가 결정한 듯 몸을 일으켰다.

"가보자."

셋이 은폐한 곳에서 일어나 천천히 걸어갔다.

이때 유천의 손에서 돌이 날아갔다.

쉬익!

강한 힘이 실린 돌이 세 명에게 날아갔다.

퍽퍽!

두 명은 정확히 머리를 직격당해 쓰러졌다.

하지만 한 명은 우연히 살짝 고개를 숙이는 통해 돌에 맞는 불상사는 면했다.

"누구야!"

소리치는 순간 유천이 싱긋 웃으며 나머지 두 개의 돌을 연달아 던졌다.

획!

푸슝! 푸슝!

이미 긴장한 남자가 사방으로 마구잡이로 총을 발사했다.

퍽!

하지만 남자도 유천이 던진 돌에 머리를 맞아 그대로 땅에 쓰러졌다.

"새끼들이."

거리가 무려 50미터나 되는데 세 명을 돌멩이로 쓰러뜨린 유천은 슬며시 자신의 손을 바라봤다.

"쓸 만하네."

무기를 가져오지 못한 탓에 돌멩이를 썼지만 결과는 훌륭

했다.

유천은 그제야 빠르게 움직여 세 명 쪽으로 다가섰다.

"뻗었네."

세 명 모두 머리를 정확하게 맞은 탓인지 아직 정신을 차리지 못했다.

유천은 땅에 떨어진 총을 집어 들었다.

"자식들이, 아깝게 실탄을 낭비하고 야단이야."

유천은 탄창에 실탄이 가득 들은 것을 확인하고 다시 끼웠다.

철컥.

유천의 다음 행동은 쓰러진 세 사람을 깨우는 일이었다.

툭툭툭.

"일어나."

"으음……."

짧은 신음 소리와 함께 세 사람이 눈을 떴다.

하지만 머리에 맞은 통증이 심한 탓인지 아직까지 정신을 차리지 못했다.

유천은 세 명의 팔을 개머리판으로 내리찍었다.

퍽퍽퍽!

"아악!"

온몸을 관통하는 짜릿한 통증과 함께 세 사람은 그제야 정신을 차렸다.

하지만 이미 유천에게 급소가 제압돼 몸을 자유롭게 움직이기 어려웠다.

유천은 그들에게 얼굴을 들이대고 물었다.

"난 두 번 묻지 않아."

"……."

세 사람은 아무런 대답도 없이 유천을 노려봤다.

유천은 그 눈빛이 그다지 마음에 안 드는 듯 슬쩍 인상을 찌푸렸다.

"묻지. 어디야?"

"……."

역시 아무런 대답이 없었다.

유천은 그럴 줄 알았다는 듯이 AK소총 안전장치를 풀었다.

달칵.

"너부터 묻지. 어디냐고."

"모른다."

푸슝!

총구에서 섬광이 번쩍이더니 가슴에 총을 맞은 남자가 입을 벌리고 그대로 즉사했다.

유천은 나머지 두 사람을 보았다. 남자의 죽음에 그들의 얼굴은 새파랗게 질려 있었다.

유천은 그 두 명에게 말했다.

"먼저 말하는 놈은 살려주고 나머지는 죽는다. 먼저 말하는 게 어때?"

"……."

순간 얼어붙어 아무런 말을 못하자 유천이 총구를 서서히 두 사람 쪽으로 들이댔다. 그러자 거의 동시에 목소리가 터져 나왔다.

"이 산 뒤로 넘어가면 나오는 도로를 따라 5킬로미터만 쭉 가시다 보면 외딴 곳에 별장이 있습니다. 거기입니다."

"고맙다."

푸슝. 푸슝.

유천은 망설임없이 두 사람에게 총을 쏘았다.

한 사람은 즉사했으나, 나머지 한 사람은 억울하다는 표정으로 말했다.

"왜……."

"살려두면 내 신상이 털리잖아."

"이런! 윽!"

짤막한 신음 소리와 함께 나머지 한 사람의 목이 툭 꺾였다.

유천은 그제야 옆을 바라보고 싱긋 웃었다.

"삽까지. 친절하게."

보나마나 유천을 사살한 후 땅에 묻어버릴 속셈인 것이다.

"어쩌냐. 너희가 가져와서 너희가 묻히게 생겼으니."

퍽퍽퍽!

유천은 산속에 들어가 적당한 곳에 구덩이를 크게 판 후 세 명을 질질 끌어다 묻어버렸다.

"깔끔하네."

유천이 발로 흔적까지 지워 버리자 곧 자연 그대로의 모습으로 돌아갔다.

자세히 살펴보면 금방 알 수 있겠지만 조금만 비가 내린다면 풀이 무성하게 자라 모든 흔적이 사라질 게 분명했다.

"으차. 깔끔하네."

유천은 곧바로 행동에 옮겼다.

소음기가 장착된 AK소총엔 실탄이 이미 가득 찬 상태였다.

유천은 말없이 도로 옆에 난 산을 타고 움직였다.

도로로 움직인다면 금방 시선에 띄어 무슨 일을 당할지 몰랐다.

"안전이 제일이야."

유천이 중얼거리며 연신 걸음을 옮기기 바빴다.

드디어 유천의 시야에 한 건물이 보였다.

빨간 지붕에 짙은 회색 담벼락으로 둘러싸인 곳이었다. 주변에 집이 하나도 없어 헷갈릴 이유도 없었다.

유천은 얼른 배낭에서 고성능 망원경을 꺼내 들었다.

망원경 속에는 별장 안 풍경이 한눈에 들어왔다. 별장은 보통 사람이 상상할 수 없는 정도의 크기였다.

층간 높이가 높은 3층 건물에 적어도 500평은 넘을 만한 어마어마한 크기였다.

거기에다 부지도 만 평이 족히 넘는 정원을 가지고 있었다.

중앙에 대리석 조각 하나만 있을 뿐 사방이 휑하니 트여 있어 함부로 접근하기는 어려웠다.

거기다 주변에서 어슬렁거리는 경비원 모습이 상당수 눈에 띄었다.

유천은 망원경을 보다 말고 중얼거렸다.

"이상하네."

예감이 영 좋지 않았다.

분명히 자신이 왔다는 건 이쪽에 연락이 갔을 것이다. 그런데 저렇게 태연하게 경비하는 것 자체가 문제가 있어 보였다.

유천의 상식으로도 뭔가 꺼림칙한 부분이 있었다.

유천은 혹시나 하는 마음으로 다시 한 번 별장을 한참 살펴

본 후 그제야 시선을 돌렸다.

"함정이야."

유천은 확신했다.

가장 큰 이유는 하나였다.

시간이 꽤 흘렀는데도 경비원들의 행동에는 아무런 변화가 없었다.

"확실하군."

유천은 곧바로 별장 안으로 기습한다는 생각을 아예 깨끗이 지워 버렸다.

자칫 여기서 행적이 드러나기라도 한다면 더욱 일이 꼬일 것은 분명하다.

유천의 오랜 경험이 여실히 드러났다.

경호원들의 위치, 자세 등을 봤을 때 분명 외부에서 침입자가 왔을 때 함정에 빠뜨려 제거하려는 낌새가 분명했다.

"혹시 저기 있다면."

만에 하나를 생각해 봐도 유천은 그럴 것 같은 느낌이 들지 않았다.

그렇다면?

보다 더 확실하게 알아보기 위해서는 사람의 입으로 직접 듣는 게 가장 정확했다.

하지만 유천이 경비원에게 물어본다고 그들이 대답할 리

도 없었다.

피식 웃던 유천이 망원경으로 사방을 살펴보기 시작했다.

"저쯤인가."

별장으로 들어가기 전에 100미터 앞에 자그마한 초소 같은 게 보였다.

"저기에 사람이 있겠군."

저쪽을 공략한다면 뭔가 방법이 나올 거 같았다.

유천은 바로 방향을 돌려 그쪽으로 움직였다. 한데 막상 내려가던 유천이 순간 실망한 눈빛을 빛냈다.

"아무도 없잖아."

유천의 말대로 경비 초소에는 사람의 모습이 보이지 않았다.

옆엔 어린애 키만 한 잡초들이 무성하게 자란데다가 페인트칠도 군데군데 색이 바랬다.

유천은 잠시 고민했지만 일단 기다려 보기로 했다.

"아직 일주일이 남았으니."

지금의 조급함은 곧 큰 화를 부르게 마련이다.

아무리 능력이 있다고 하나 상대는 중무장한 인간들이다.

총알에는 눈이 없다.

자칫 빗맞기라도 한다면 곧바로 모든 일은 끝나는 것이다.

유천은 조금 더 냉정을 되찾고 초소를 지켜봤다.

언젠가 누가 오리라는 가느다란 희망이 있었던 탓이다.

중요한 것은 한 가지였다.

경비원을 해치우는 게 끝이 아니라 사라진 설계도를 찾거나 제거하는 일이다.

그 하나의 목적을 생각하자 유천은 좀 더 냉정하게 상황을 지켜볼 수 있었다.

유천은 한 가지를 믿었다.

경비 초소가 있다면 누군가 왔다 갔다 할 게 분명하다.

그렇다면 기다리다 보면 누구든 초소로 내려올 거라는 판단이 섰다.

그렇게 한 시간, 두 시간이 흘렀다.

마침내 어두운 밤이 됐을 때 별장에서 누군가 내려오는 모습이 보였다.

남자는 다부진 몸매에 AK소총을 손에 들고 사방을 경계하며 잔뜩 긴장한 표정을 짓고 있었다.

유천이 그를 고개를 갸우뚱했다.

"함정인가?"

혼자 이런 상황에 내려온다는 것은 이상한 일이다.

그러나 남자가 중얼거리는 목소리를 들은 유천은 그제야

긴장을 살짝 풀 수 있었다.

"젠장, 왜 감시 카메라가 끊어지고 지랄이야?"

남자는 사방을 둘러보고 아무런 기척을 느끼지 못하자 안심한 듯 AK소총을 어깨에 걸고 경비 초소 내의 컨트롤 박스를 만지작거리기 시작했다.

아마도 오래전에 폐쇄한 경비 초소를 감시 카메라용으로 쓰는 걸로 짐작됐다.

유천과의 거리는 불과 15미터, 유천은 단 한 동작에 제압해야 된다는 것을 알았다.

길게 심호흡한 유천이 용수철처럼 튀어 나갔다.

타닥!

발자국 소리가 들리며 남자가 놀라 돌아서는 순간, 유천의 손이 남자의 뒷덜미를 강타했다.

퍽!

"윽!"

짧은 비명과 함께 쓰러진 남자가 그대로 기절했다.

유천은 사방을 둘러본 후 아무런 흔적이 없는 걸 알고 나서야 남자를 어깨에 메고 숲 속으로 사라졌다.

숲 속에 들어선 유천이 남자를 흔들어 깨웠다.

"일어나봐."

"으윽."

남자가 신음을 토하며 깨어나자 유천이 차갑게 경고했다.

"입 벙긋하면 죽는다."

남자는 그제야 두려운 표정을 지었다. 유천은 그런 남자에게 직접적으로 물었다.

"별장은 함정이지?"

"……."

아무런 말이 없었다.

유천이 남자의 관자놀이에 총구를 들이댔다.

"김기영은 어디 있나?"

"모른다."

남자가 단호하게 고개를 저었다.

유천은 그 순간 직감적으로 알 수 있었다. 남자는 분명히 김기영의 행방을 알고 있었다.

그러나 강압적으로 할 일이 아니었다.

'고문을 해야 하나?'

유천은 남자의 눈빛을 보고 깔끔하게 포기했다.

남자는 고된 훈련을 받은 자다.

그런 자에게 고문을 가해봐야 제대로 된 답이 나오기 힘들었다. 차라리 거짓 정보를 흘려 자신을 더욱 위험하게 만들 뿐이다.

유천은 방법을 바꾸기로 했다.

곧 배낭 안에서 서류봉투 안에 든 돈뭉치 다섯 개를 꺼내 들었다.

툭.

남자 앞에 100달러짜리 뭉치 다섯 개가 떨어졌다.

"오만 달러야. 거래할 생각 있나?"

"⋯⋯."

순간 남자의 눈빛이 흔들리는 것을 보았다.

'역시.'

중국인에게 돈은 생명이나 다름없었다. 그 점을 노린 유천의 행동이 적중한 느낌이다.

유천은 목소리를 바꿔 말했다.

"행방을 말해주면 이 돈을 주지."

"⋯⋯."

남자는 모른다는 말 대신 침묵을 택했다. 유천은 그런 남자에게 다시 말했다.

"싫은가?"

"⋯알려준다면 나는 어떻게 되는가?"

"남자로서 약속하지. 살려주지."

그 말에 잠시 고민하던 남자가 말했다.

"이 돈 정말 나한테 주는 건가?"

"밑져야 본전 아니야? 어차피 말해준 다음에 내가 죽여도

할 말 없잖아."

솔직하게 나오는 유천의 말에 남자가 더욱 흔들렸다.

"그 약속 믿지. 어차피 이래도 죽고, 저래도 죽을 거라면 한번 모험을 걸어보지."

"잘 생각했어. 김기영은 어디 있나?"

"여기엔 없다."

예상했던 대답이지만 유천은 놀란 척 목소리를 높였다.

"여기에 없다니."

"여기는 함정이다. 김기영은 다른 곳에 있다."

"다른 곳이라면?"

유천의 질문에 남자가 천천히 설명했다.

"남쪽으로 쭉 가다 보면……. 거기에 있다."

들어보던 유천이 황당한 기분이다.

결국 여기는 대현그룹에서 보낸 사람들을 유인하기 위한 장소였다.

"어쩐지."

너무 집이 폐쇄적이고 접근하기가 힘들었다.

그러기에 더더욱 여기 있다는 확신을 주기 알맞은 곳이기도 했다.

유천은 남자에게 물었다.

"어떻게 해주길 원하지?"

"날 믿을 수 있겠나?"

유천은 순간적으로 떠오른 생각에 말했다.

"만약 네가 안 돌아간다면 어떻게 되지?"

"김기영은 또 다른 비밀의 장소로 이동되겠지."

유천은 순간적으로 판단을 내릴 수밖에 없었다.

남자의 말을 전폭적으로 믿을 수도, 그렇다고 부인할 수도 없다.

남자를 이대로 여기서 해치운다면 결과야 너무도 뻔했다.

그가 실종된 사실을 알고 얼마 지나지 않아 당연히 비상이 걸릴 것이다.

그러면 자신이 움직이기도 전에 김기영은 다른 곳으로 옮겨질 것이 분명했다.

어차피 그렇다면?

유천은 남자를 믿기로 결정했다.

"좋아. 믿지."

"이 돈 가져가도 되겠지?"

"그래."

남자가 돈을 주섬주섬 주머니에 넣기 시작했다.

다섯 뭉치라 해봐야 주머니에 들어가니 흔적 없이 사라졌다. 물론 자세히 본다면 돈뭉치가 느껴지기도 했지만 지금은 그럴 사람이 없었다.

유천이 총을 하늘로 대고 지켜보자 남자가 걸어가려다 우뚝 섰다.

"다시 말하지. 아까 내가 말한 곳은 아니야. 김기영이 있는 곳은 여기서 서쪽으로 15킬로미터만 가면 빨간 지붕이 있는……."

"거짓말을 했다는 건가?"

"나도 너를 툭 터놓고 믿지 어렵지."

남자의 말에 유천이 씩 웃으며 물었다.

"여긴 왜 있는 거지?"

"돈을 받고 일한다고 생각하면 돼."

"그런데 왜 이렇게 쉽게 말을 해주지?"

"더 큰 돈이 생겼으니까. 나에게는 부양할 가족이 있다."

남자의 말에 유천이 손을 내밀었다. 남자는 의심 없이 손을 마주 잡아왔다.

"그 돈으로 자리 잡길 바라지."

고개를 끄덕인 남자가 가다가 바로 뒤돌아서서 말했다.

남자는 유천을 바라보며 말했다.

"한 가지 더 경고하지."

"뭔데?"

"그쪽에서 있는 인간들은 살벌한 놈들이야. 우리 같은 경호원 출신들이 아니라는 이야기지."

"어떤 부류지?"

"피도 눈물도 없는 자식들이지. 돈이 된다면 사람 목숨 따위는 아랑곳하지 않는 놈들이야."

"그렇군."

유천은 오히려 편안한 마음이 들었다.

상대가 앞에 있는 남자와 같이 경호원 출신이라면 골치가 아팠다.

단지 돈만을 위해서 움직이는 자들이라면 사실 묵직하게 상대하기 애매했다.

그런데 남자의 설명을 들으니 오히려 마음이 편해지는 것을 느꼈다.

다음 순간 유천이 눈빛을 빛냈다.

"정보 고마워. 그런데 왜 이렇게 확실한 정보를 주지?"

"단지 돈값을 할 뿐이야."

남자가 주머니의 돈을 툭툭 쳤다.

"고맙다고 해야 하나?"

"고맙긴. 우리 식구들 편하게 살게 해준 당신이 고맙지. 자, 그럼 행운을 빌지."

그 말을 끝으로 남자가 사라져 버렸다.

10장

또야

　유천은 혼자 머쓱한 기분이 들었다.

　"적이었는데, 행운을 빈다."

　좀 머리가 어지러운 느낌이 들었지만 간단하게 잊었다. 지금 당장 필요한 건 김기영을 찾아내는 일뿐이다.

　유천은 남자의 마지막 한마디에 믿음을 가질 수 있었다.

　"빨리 움직여야겠군."

　무려 15킬로미터나 되는 거리다. 그렇다고 차를 타고 이동할 수도 없다. 그렇다면 오로지 자신의 다리 힘으로 움직여야 했다.

"무슨 팔자가 이러냐?"

유천은 그 길로 또다시 산을 타기 시작했다.

설령 그 남자가 거짓말을 했어도 상관없었다. 그러나 그런 생각을 할 필요는 없었다.

5만 달러를 받은 남자였다.

그 사실이 밝혀진다면 무사하긴 힘들었다. 그렇다면 서로 조용히 넘어가는 것이 좋았다.

유천은 또다시 산길을 걷기 시작했다.

시간이 지나 15킬로미터 정도 걷자 유천은 드디어 남자가 말해준 곳에 도착했다.

"저게 무슨 집이냐?"

커다란 창고 같은 건물이었다.

한국으로 따지면 공단지역에 있는 중간 정도의 공장이라고 보면 딱 맞았다.

유천은 바로 AK소총에 안전장치를 풀었다. 그리고는 망원경을 들어 건물 안을 살폈다.

처음에는 아무런 인기척이 보이지 않아 유천이 고개를 갸웃거렸다.

"그냥 밀고 들어가야 되나?"

잠시 고민하는 사이 망원경에 여러 명의 사람이 비쳤다.

"아주 나와 주네."

유천이 만족한 미소를 짓다가 순간 표정이 굳어졌다.

김기영이었다.

그런데 그 모습이 이상했다.

팔이 뒤로 묶인 채 거의 끌려나오는 모습이었다.

얼굴은 군데군데 피딱지가 앉아 있어 상당히 구타당한 것이 역력했다.

"이건 또 무슨 시추에이션이야?"

유천은 당혹스러웠다.

분명히 대현그룹에서 들은 바와는 좀 달랐다.

설계도를 빼왔는데 이렇게까지 대접한다는 것은 이해할 수가 없었다.

그러나 유천은 편안하게 생각하기로 했다.

"다 벗겨먹고 하겠다는 이야기로 생각하면 되지."

유천은 재빨리 움직였다.

아무래도 먼 거리보다 가까운 거리에서 사격을 하더라도 편한 것은 만고의 진리다.

유천은 산길을 빠른 걸음으로 움직여 불과 5분여 만에 적당한 위치에 도달했다.

유천이 은신한 곳은 건물이 훤히 내려다보이고 더군다나 거리조차도 불과 100여 미터로 아주 가까웠다.

유천은 천천히 심호흡하고 방아쇠를 당기려는 순간 주춤했다.

이상하게 머리를 때리는 예감 때문에 방아쇠를 즉각 당기지 않았다.

"시간은 많아."

유천은 스스로를 위안한 후 상황을 지켜봤다. 예상했던 상황과 다른 탓에 조금 더 신중하게 행동하기로 마음먹었다.

팔에 문신을 한 대머리 남자가 권총을 든 채 김기영을 위협했다.

"비밀번호 대!"

"……."

김기영은 아무런 말도 하지 않고 남자를 노려봤다. 그 모습을 지켜보던 유천이 눈을 빛냈다.

"배짱 있는데?"

남자가 다시 한 번 김기영에게 말하는 소리가 들렸다.

"죽고 싶나?"

"죽여 봐. 죽이면 비밀번호는 영원히 모를걸?"

"언제까지 버틸 거라고 생각해? 그렇게 또 당하고 싶나? 어서 말해!"

"못해."

"백만 달러를 주겠다. 적어? 그럼 더 줄까?"

"천만 달러를 줘도 말 안 해."

김기영은 의외로 고집을 피우고 있었다.

유천은 자신의 생각과 전혀 다른 장면에 조금 당혹스러운 표정을 지었다.

"이건 무슨 상황이야?"

자신이 듣던 이야기와 너무도 달랐다.

유천은 방아쇠에 걸었던 손을 슬며시 내려놓은 채 상황을 좀 지켜보기로 했다.

남자는 위협을 하는 것이지 김기영을 쏠 것 같지는 않았다.

비밀번호를 모른다면 김기영을 죽인 후 아무것도 얻을 것도 없었다.

유천이 지켜보는 사이 다시 남자의 목소리가 들렸다.

"2백만 달러면 넌 평생 잘 먹고 잘살 수 있어? 왜 이렇게 고통스럽게 버티지?"

김기영은 아무런 대꾸없이 고개만 흔들 뿐이다. 그러자 남자의 발이 김기영의 가슴에 꽂혔다.

퍽!

"윽!"

팔을 뒤로 묶인 채 바닥을 데구루루 구르는 김기영이 고통스러운 듯 신음을 토했다.

"으으으."

유천의 귀에도 선연히 들린 비명 소리였다.

남자가 화가 난 듯 AK소총을 빼앗아 들고 김기영의 배를 마구 내려쳤다.

"이 자식이!"

"컥컥!"

얼마나 강하게 내려쳤는지 김기영의 입에서 피가 흘러내렸다.

"저러면 장 파열 될 텐데."

유천은 더 이상 지켜볼 필요가 없었다.

다 떠나서 저항할 능력도 없는 같은 한국인이 고통받는 모습을 더 보기 싫었다.

곧바로 방아쇠에 손을 걸고 아무런 미련 없이 당겼다.

피슝!

"컥!"

그와 동시에 AK소총으로 내리찍던 남자가 비명을 지르며 바닥에 쓰러졌다.

퍽!

가슴에서 피가 솟구치는 순간 유천의 총구는 사정없이 불을 뿜었다.

푸슝! 푸슝!

"컥!"

마당에 있던 나머지 두 명도 비명 한 번 제대로 지르지 못하고 쓰러졌다.

유천은 거기서 바로 멈추지 않고 총구를 사방으로 돌렸다.

"역시."

바로 뛰어나오는 한 명의 남자가 보였다.

푸슝!

그는 총을 들고 나오다 말고 유천이 쏜 총에 맞아 계단을 굴러 바닥에 쓰러졌다.

유천은 한동안 지켜봤지만 더 이상 움직임이 없었다.

유천은 바로 총을 든 채 날렵하게 건물 쪽으로 접근했다.

홀쩍!

담을 뛰어넘은 유천이 김기영에게 다가섰다.

"당신이 김기영 맞습니까?"

"으으."

김기영은 고통에 시달린 탓인지 제대로 말도 잇지 못했다. 유천은 답답했지만 꾹 참고 다시 물었다.

"정신이 있습니까?"

"누, 누구시죠?"

"이 외에 사람이 있습니까?"

"안에 두 명이 더 있을 겁니다."

"잠시만 기다리십시오."

유천은 김기영을 내버려 둔 채 안으로 뛰어 들어갔다.

묶여 있던 김기영이 도망칠 수는 없다는 것을 잘 알고 있기 때문이었다.

건물 안에 들어선 유천은 달려오는 두 사람을 봤다.

푸슝! 푸슝!

유천의 총이 허리에 걸린 채 그대로 사격했다.

그렇지 않아도 명사수인데 능력까지 얻으니 유천의 실력은 일격필살 그 이상이었다.

"컥!"

비명 소리와 함께 두 명의 남자가 바닥에 쓰러진 것을 확인한 유천이 밖으로 나갔다.

유천은 다시 건물 밖으로 나오며 불길한 예감이 들었다.

"너무 쉬워."

중국에서 일을 철저히 방해하던 세력이 이렇게 쉽게 일을 끝낼 리가 없다는 생각이 들었다.

그 생각이 들자 유천은 반사적으로 섬뜩한 예감이 들었다.

그 순간 바로 몸을 숙여 옆으로 뒹굴었다.

픽!

그가 있던 자리에 총알이 박혔다.

조금만 늦었으면 바로 머리통에 구멍이 뚫려 세상을 하직

할 뻔했다.

"그러면 그렇지."

유천의 눈빛이 차갑게 내려앉았다.

총알이 날아온 방향을 확인하니 산 쪽이다.

자신이 있던 산과 정반대 방향, 유천은 순간 난감함을 느꼈다.

자신은 앞에 있는 조그마한 벽에 가려져 있을 뿐 조금도 꼼짝할 수 없었다.

하지만 상대는 자신을 훤히 내려다보며 그가 움직일 때마다 저격할 게 분명했다.

"그나마 다행이군."

유천은 자신도 모르게 본능적으로 김기영을 사각지대에 밀어 넣었다.

문제는 자신과 저격수와의 싸움이다.

"최악이네."

자신은 노출되어 있고 상대는 은밀히 엄폐해 있다.

사전에 철저한 준비를 갖추고 있음이 분명했다.

"어떻게 하지?"

유천은 오랜 전투 경험을 되살렸다.

이런 비슷한 상황을 겪어봤던 유천이다.

최악의 상태였지만 빠져나갈 방법을 곧 생각해 냈다.

"모험인데."

하지만 모험을 하지 않고는 어떠한 방법도 없다.

이대로 있다면 곧바로 다른 적들이 들이닥쳐 꼼짝달싹 못할 것이 분명했다.

유천은 자신의 순발력을 믿기로 했다.

저격수가 움직이는 사람을 쏘는 데 1초가 걸렸다.

그 1초 내에 저격 범위에서 벗어나면 그만이다.

1초.

길다면 길고 짧다면 짧은 찰나이기도 했다.

유천은 생각하자마자 곧바로 움직였다.

파박!

재빨리 걸음을 옮기자 바로 뒤에 총탄이 박혔다.

탕! 탕!

두 번의 총탄이 박히는 소리를 들으며 유천이 몸을 굴렀다.

이미 벽 뒤에서 AK소총을 잡은 유천의 눈빛이 빛났다.

좌측 산등성이 중턱.

적들의 위치는 파악했다.

뛰면서도 유천은 배짱 좋게 총구에 화염이 있는 곳을 간파했다.

적은 단발.

유천이 피식 웃으며 AK소총을 자동으로 놓았다. 자동으로 사격하면 총구가 위로 들리게 마련이다.

하지만 유천의 힘이라면 충분히 억누를 수 있었다.

"0.5초 내에."

유천은 바로 몸을 일으키며 자동으로 총을 긁었다.

타다다닥!

AK소총에서 총탄이 빗발치듯 날아갔다.

총구가 들리는 것을 힘으로 누르는 탓에 총탄은 정확히 적이 있는 지점으로 날아갔다.

털썩!

몸을 숙이자마자 바로 저격탄이 날아왔다.

탕!

"젠장."

실패였다.

"꽤 많이 엄폐했단 얘기네."

분명히 정확히 명중했는데 상대는 전혀 타격을 받지 않았다.

그렇다면 은폐가 아니다. 여러 가지 방어를 해놓은 엄폐가 분명했다.

유천은 그사이 다시 탄창을 갈아 끼웠다.

철컥!

이제는 다른 방법을 써야 했다. 적의 위치를 파악했으니 그쪽으로 접근해야만 했다.

"수류탄만 있어도."

정확히 저격할 수 있었다. 하지만 유천의 몸 어디에도 수류탄은 없었다.

유천은 김기영을 슬쩍 봤다.

김기영은 그대로 누운 채 돌처럼 굳어 있었다.

민간인이 이런 상황에서 어떻게 한다는 것은 불가능했다. 그저 공포에 덜덜 떨 뿐이었다.

"사람 목숨이란."

금방 죽을 뻔한 위기를 넘긴 김기영이었지만 지금은 또 다른 두려움에 떨고 있었다.

유천은 시계를 봤다.

"꽤 많이 흘렀군."

벌써 여기서 10분을 지체했다. 조금만 더 지체한다면 적들이 들이닥칠 게 분명했다.

"5분 내로 끝내야 돼."

최악의 상황에서 시간마저 부족하니 유천의 얼굴이 슬쩍 찌푸려졌다.

"짜증나네."

유천은 그 말 한마디를 하고 이번에는 곧바로 포복으로 기어 다른 쪽으로 움직였다.

산에서 봤을 때 사각 지역인 담벼락을 타고 움직이는 유천을 발견하기 어려웠다.

유천은 자신이 찍어놨던 다음 지점에 가자 길게 심호흡했다.

그와 동시에 유천이 담벽을 차고 훌쩍 담을 넘었다.

털썩.

그리곤 곧바로 언덕 밑에 숨었다.

탕!

또 한 번 저격탄이 벽을 때렸다.

유천은 그때부터 지형지물을 이용할 결심을 굳혔다.

탁탁탁!

재빠르게 움직이는 유천이 엎어지면 총탄이 날아왔다.

시간과의 싸움, 그리고 적과의 두뇌싸움이었다.

유천은 전혀 저격수가 의식하지 못하는 방향으로 움직이려 애를 썼다.

오랜 경험이 준 산지식이기도 했다.

탁탁!

결국 점점 더 적들에게 접근해 가는 유천은 저격탄이 몸 가까이 오는 것을 느꼈다.

"한 번만 더 가면 돼."

저격수도 보통 배짱이 아니었다.

이 정도라면 보통 바로 뒤로 후퇴하는 게 옳았지만 끝까지 버텼다.

"그래, 그런 맛이 있어야지."

유천은 위급한 상황에도 오히려 여유로운 미소를 지었다.

이제 불과 한 번만 움직이면 저격수와 같은 위치에 설 수 있었다.

결국 이 마지막 싸움이 제일 중요했다.

여기서 탄에 맞으면 지는 거고 피할 수 있다면 유천이 이길 수 있다.

좌측, 우측.

갈 수 있는 방향은 두 방향이었다.

저격수는 분명히 양쪽을 의식하며 자신을 노려올 게 분명했다.

"허허실실이야."

유천은 곧바로 좌측으로 움직이는 척하다 급히 오른쪽으로 몸을 틀었다.

탕!

그 짧은 순간에 귓전을 스쳐 가는 저격탄.

강한 충격이 머리를 강타했으나 유천은 흔들림 없이 바로 위로 치고 올라갔다.

불과 1초의 승부였지만 유천은 용케 총탄을 피했다. 같은 위치에 서자 저격수 쪽에서 움직임이 느껴졌다.

이제는 불리한 위치에 선 저격수가 움직일 게 분명했다.

"지랄하네."

유천은 용서하고 싶은 마음이 없었다.

어차피 자신을 죽이려는 적이다. 그 적에게 이제는 공포를 선사할 차례였다.

슝! 슝!

단발에 놓고 엄폐물 쪽에 한 발씩 갈겼다.

저격수는 꼼짝도 하지 못한 채 총구조차 돌리지 못했다.

총구를 돌리려면 몸을 일으켜야만 했다. 그러면 바로 실탄에 맞아 죽을 수 있었다.

저격수는 점점 다가오는 실탄에 움찔움찔했다.

마침내 총탄이 다가서자 저격수는 유천과 똑같은 행동을 취했다.

휙!

몸을 움직여 다른 쪽으로 은폐하려는 순간이다.

슈융!

"컥!"

그 순간 유천의 총알이 정확히 저격수의 가슴을 관통했다. 저격수는 비틀거리며 바로 쓰러져 즉사했다.

유천은 천천히 총구를 조정한 채 가까이 다가섰다.

하늘을 보고 엎어져 있는 저격수는 분한 듯 눈을 아직 부릅 뜬 채였다.

"뭘 잘했다고 눈 뜨고 지랄이야."

저격수를 노려보던 유천이 피식 웃으며 가볍게 눈을 감겨 줬다.

"훌륭한 적수였어."

그걸로 상황은 끝이었다.

이제는 빨리 움직여야 될 시간이다.

돌아와 보니 김기영은 뜻밖에도 마당에서 바동거리며 도 망치려는 모습이었다.

"어딜."

유천은 바로 김기영에게 다가가 번쩍 안아 든 채 산으로 걸 음을 옮겼다.

이제부터는 궁금한 것이 많았던 탓에 당장 어떻게 하고 싶 은 마음은 없었다.

그길로 유천은 김기영을 업은 채 산 두 개를 넘었다.

너무 가까운 데 있으면 상대의 수작에 걸려 난처한 꼴을 당 할 수도 있다.

혼자라면 모르되 김기영까지 보호한다는 것은 쉬운 일이

아니다.

그럴 바에야 처음에 고생하는 것이 나았다.

"휴우."

작은 한숨과 함께 산 중턱 평지에 김기영을 내려놓은 유천이 이마에 흐른 땀을 닦았다.

지쳤다기보다는 긴장감에서 나온 땀이기도 했다. 유천이 잠시 숨을 고르는 사이 김기영이 눈을 떴다.

그는 낯선 환경에 깜짝 놀라 일어나려 했으나 이미 만신창이가 된 몸으로 제대로 움직일 수 있을 리 없었다.

"누구십니까?"

"한국에서 왔습니다."

"혹시 대현그룹?"

"……"

유천은 말 대신 고개를 끄덕였다.

그러자 김기영의 눈에서는 짙은 체념의 기운이 감돌았다.

"날 제거하려고 왔군요."

"그전에 한번 이야기나 들어보고 싶습니다만."

유천이 부드럽게 말하자 김기영이 의외의 눈빛을 보냈다.

"보자마자 죽이라 그러지 않았나요?"

"그랬죠. 그런데 사람이 죽기 전에 마지막 최후 진술이라는 게 있지 않습니까."

말은 험악했지만 유천은 웃는 얼굴을 지우지 않았다. 김기영은 그런 유천을 바라보며 조용히 물었다.

"대현그룹에서 나온 사람 같지가 않군요."

"무슨 말씀인지 잘 모르겠습니다."

"어떻게 이 일에 끼어들은 거죠?"

"복잡한데. 실은……."

유천은 솔직하게 털어놓았다. 이제 곧 죽을 사람한테 숨길 이유도 없었다.

김기영은 듣더니만 조금 희망의 눈빛이 반짝였다.

"제 얘기 한번 들어보시겠습니까?"

"그러려고 지금 여기까지 데려온 겁니다."

유천이 담담하게 말하자 김기영이 이를 악물었다.

부드득!

원한이 사무친 표정이었다. 유천은 그런 김기영을 조용히 지켜볼 뿐이다.

한참을 눈빛을 부라리던 김기영이 드디어 입을 열었다.

"저는 중소기업을 운영하던 사장이었습니다."

"대현그룹 직원이 아니었어요?"

유천은 좀 의외의 말에 살짝 놀랐다.

'이거 어디서 많이 듣던 상황인데.'

유천은 아프리카에서 김명환과 있었던 일을 떠올렸다.

아무래도 이번 일도 싸가지 없는 재벌들의 탐욕 때문이란 생각이 들었다.

　역시나 김기영은 무겁게 고개를 끄덕이며 말했다.

　"처음부터 대현 직원은 아니었죠. 제가 경영하던 회사에선 리튬이차전지라는 신기술을 개발하느라 전 직원이 매달렸었습니다."

　"그래서 성공하셨습니까?"

　"성공했죠. 그런데 막상 성공하고 나니 공장을 세울 돈도, 만들 돈도 없더군요. 그래서 투자를 받기 위해 대현을 찾아갔습니다."

　"그래서요?"

　유천이 조금 호기심을 보이자 김기영이 눈빛에 서리서리 뿜은 한을 보여주며 말했다.

　"처음에는 대현그룹에서 잘 나오더군요. 합작 조건으로 전 직원들도 대현 직원처럼 대우해 준다고 하더군요. 그리고 저한텐 51%의 지분을 주고요."

　"경영권을 지켜준다는 이야기군요."

　"그래서 처음에는 좋았죠. 그런데 그게 함정인지는 그때는 아무도 몰랐습니다."

　"함정이라……."

　유천이 중얼거리는 사이 김기영의 말이 이어졌다.

"대현에서 노리는 것은 단지 기술뿐이었습니다. 그것을 알 아챈 건 얼마 되지 않았습니다. 계약서도 알고 보니 사기였더 군요. 깡그리 기술과 모든 것을 먹어버리겠다는 속셈이었 죠."

"어떻게 그걸 아셨죠?"

"어느 순간 직원들을 하나둘씩 자르더군요. 영 이상함을 느끼고 조사해 보다가 소름이 끼쳤습니다. 완전히 토사구팽 이더군요. 기술만 빼먹으면 다들 내칠 계획임을 뒤늦게 알았 습니다. 그래서 설계도를 들고 중국으로 왔습니다."

유천은 뜻밖의 상황에 갈피를 잡지 못했다. 그러나 이내 그 럴 수도 있다는 생각이 들었다.

'한국 재벌이 다 그렇지 뭐.'

그 마음이 들자 김기영의 말을 믿고 싶은 마음이 들었다. 그러나 아직까지 속단은 금물이다.

이제 곧 죽을 사람이 무슨 거짓말을 할지는 아무도 몰랐다.

"제가 그 말을 어떻게 믿습니까?"

"보여줄 증거는 없습니다. 말씀을 드린다면 중국에 도망 왔을 때 지금 저를 납치한 사람들 있죠?"

"네, 다 죽었죠."

"대현그룹이 그들에게 의뢰를 했습니다."

"의뢰요?"

깜짝 놀란 유천의 반응에 김기영이 입술을 물었다.

"저에게 설계도와 비밀번호를 알아오라는 의뢰였죠."

"그럼 비밀번호가 대현그룹이 가진 설계도에 있단 말씀이십니까?"

"후후. 맞습니다. 제가 대현그룹에 넘겨준 설계도에도 비밀번호를 걸어 놨습니다. 지금 대현그룹 인간들 열불 터질 겁니다."

김기영의 대답에 유천이 물었다.

"대현그룹도 두뇌가 많은데 해독하면 되지 않습니까."

"그렇지가 않습니다. 비밀번호를 잘못 세 번 입력하면 설계도가 파괴되도록 프로그래밍 해놨죠."

"그런 기술도 있었습니까?"

"해커한테 의뢰를 했습니다."

"그 해커는 누굽니까?"

유천의 말에 김기영이 고개를 저었다.

"말씀드릴 수 없습니다. 만약에 그 이름이 밝혀진다면 그 사람도 생명의 위협을 느낄 겁니다."

"음."

유천은 더 이상 묻지 않기로 했다. 공연히 이름을 알아서 좋을 것은 없었다.

그런데 들으면 들을수록 김기영의 말에 신뢰가 갔다.

유천이 김기영에게 말했다. 사실 김기영의 말에 어느 정도 공감했지만 유천의 입장에서 쉽게 믿긴 어려웠다. 좀 더 확인할 필요를 느꼈다.

"심증은 가지만 물증은 없네요."

유천이 뒷말을 생략하자 김기영이 필사적으로 머리를 굴리다 얼굴을 활짝 피었다.

"중국에서 같이 합작하려는 친구가 있습니다."

"어떤 분이죠?"

"거래 관계로 알았던 사람인데 이현기라고 합니다. 그 사람은 대현에서도 전혀 모릅니다."

"그렇게 재벌그룹이 만만하지는 않을 텐데요. 휴대폰이나 이런 걸로 추적을 했을 텐데요. 아무리 불법이지만 대기업이 못하는 게 뭐가 있습니까?"

유천이 비웃듯이 말하자 김기영이 단호하게 고개를 저었다.

"전혀 알 수 없을 겁니다. 모든 연락은 공중전화를 통해서 했거든요."

"여기에서도 전화하지 않았습니까?"

"그에게 연락하기 전에 납치됐습니다."

유천이 고개를 끄덕이며 말했다.

"그 친구가 연락을 한다면 그땐 믿어주겠습니다."

"절 믿어주시겠다는 겁니까?"

"조금은요."

김기영이 희망을 본 듯 목소리가 밝아졌다.

"그 친구에게 가려면 연락을 해야 되는데 제 휴대폰으로 연락하면 곤란할 겁니다."

"일단 공중전화를 써야 될 텐데."

유천이 난감한 표정을 짓자 김기영이 한마디 했다.

"제가 중국 지리는 좀 압니다."

"여기도 압니까?"

"산을 보고 어디인지 대충 짐작했습니다. 동쪽으로 가다 보면 베이징이 나올 겁니다."

"그런 거 같군요."

유천도 군대에서 독도법을 배웠던 탓인지 거리 감각이 남들보다 뛰어났기에 김기영의 말이 맞는다는 걸 알았다.

그때 김기영이 갑자기 기죽은 목소리를 냈다.

"그런데 몸이 이 꼴이라서……."

"업히세요."

"하지만……."

"그럼 그 몸으로 험한 산길을 가실 수 있나요?"

"미안해서……."

"지금은 빨리 이동하는 것이 덜 미안한 일입니다."

김기영이 정말 민망해하자 유천이 그를 자신의 등에 업었다.

배낭을 손에 들고 천천히 움직이는 유천의 걸음걸이가 가벼웠다.

잘하면 굳이 김기영을 죽이지 않아도 될 듯싶어 마음이 훨씬 가벼웠다.

등에 업혀 있던 김기영이 기어들어가는 목소리로 말했다.

"미안합니다. 짐이 돼서."

"저도 그 정도 되면 짐이 될 겁니다."

유천은 농담으로 김기영의 마음을 좀 풀어줬다.

그렇게 산길을 걷다 보니 어느덧 베이징 시내가 멀리 보였다.

유천은 김기영을 비교적 안전한 곳에 놔두고 말했다.

"전화번호를 불러주세요."

"번호가… 입니다."

김기영이 불러주자 머릿속에 입력시킨 유천이 앞으로 걸어가며 말했다.

"여기서 잠시만 기다리면 됩니다."

"제가 도망치면 어쩌려고요?"

"도망친다면 제 믿음이 깨지는 거겠죠."

유천은 더 이상 말하지 않고 베이징 쪽으로 걸어갔다. 시내에 들어선 유천은 바로 동전을 집어넣어 번호를 눌렀다.

—여보세요?

"이현기 씨 되십니까?"

—그렇습니다만.

묵직한 이현기의 말에 유천이 말했다.

"김기영 씨 아시죠?"

—누구십니까?

"지금 김기영 씨를 데리고 있는 사람입니다. 사람을 좀 보내주셔야겠는데요."

—네?

놀란 이현기의 말에 유천이 얼른 대답했다.

"사정이 있어 곤란한 일을 당하셨습니다. 그분이 이현기 씨에게 연락하라고 제가 부탁했습니다."

—지금 김기영, 그 친구 어디 있습니까?

"여기가……."

유천은 산에서 가장 가까운 쪽으로 말했다. 그러자 이현기의 목소리가 들렸다.

—그쪽으로 차를 보내겠습니다.

"기다리겠습니다."

유천은 곧바로 돌아갔다.

산에 가자 유천의 예감대로 김기영은 제자리에 가만히 앉아 있었다.

"도망 안 갔네요."

"이 꼴로 어딜 가겠습니까."

"통화했습니다. 이쪽으로 사람을 보내겠다고 그러더군요. 가시죠."

유천은 다시 김기영을 업고 어둠을 틈타 으슥한 곳에 자리했다.

유천은 떠나기 전 가지고 있던 AK소총을 땅에 묻어버렸다.

이제는 완벽한 흔적을 지운 유천이 어깨를 슬쩍 폈다.

"깔끔하게 끝났나?"

힘든 고비도 있었지만 무사히 끝났다는 기쁨에 안도의 한숨이 절로 나왔다.

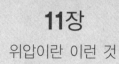

11장

위압이란 이런 것

　잠시 후 숨을 돌린 유천이 김기영에게 물었다.

　"이현기 씨완 어떤 사이입니까?"

　"한국에선 거래처였죠. 그런데 그 친구가 부도를 맞아 야
반도주할 처지였지요."

　"손해 안 봤나요?"

　"봤죠. 다만 그 친구가 중국으로 도망치기 전에 절 찾아왔
습니다. 미안하다고 하더군요. 나중에 재기해서 꼭 갚겠다고
맹세까지 하더군요."

　"어려운 일인데 괜찮은 사람인가 보군요."

유천이 고개를 끄덕이자 김기영이 환한 얼굴로 설명했다.

"그때 이야기하다 보니 땡전 한 푼 없는 신세였기에 얼마간 돈을 융통해 줬습니다. 물론 이 년 전에 물건값과 함께 다 갚아주더군요."

"음."

나름 아름다운 스토리이기에 유천 가슴이 살짝 진동했다. 김기영은 한숨을 쉬며 한마디 했다.

"이번엔 제가 도움을 받네요."

"세상사 늘 주고받는 거지요."

"……."

유천이 위로했지만 김기영은 더 이상 아무런 말도 하지 않았다.

그렇게 20분쯤 기다렸을까?

부우웅.

차 소리와 함께 차 한 대가 다가와 섰다.

끽!

차에서 내린 이현기를 본 김기영이 목소리를 부르르 떨었다.

"친구입니다."

"가실까요?"

유천은 천천히 앞으로 걸어갔다.

두 사람을 발견한 이현기가 다가오다 흠칫했다.

유천의 손에 들린 AK소총을 본 탓이다. 그가 얼어붙는 순간 김기영이 먼저 입을 열었다.

"괜찮아. 날 도와준 사람이야."

"어, 그래?"

아직은 긴장을 풀지 못한 이현기가 얼른 다가서다 김기영의 얼굴을 확인하곤 깜짝 놀랐다.

"야! 네 꼴이 왜 이래?"

"그렇게 됐어."

"좀 쉴 곳을 찾고 싶은데."

"타라."

뒷문을 열어주자 유천이 김기영을 태우고 옆에 앉았다. 이현기가 앞에 앉자마자 김기영에게 물었다.

"도대체 어떻게 된 거야? 그동안 연락은 왜 안 됐어?"

"자세한 얘기는 가서 하자. 치료도 받아야겠는데 의사 구할 수 있겠어?"

김기영이 묻자 이현기가 가만히 생각하더니 고개를 끄덕였다.

"입이 무거운 사람이어야겠지?"

"아마도."

"그건 수소문하면 알 수 있어. 가자고 일단."

이현기가 차를 몰았다.

뒤에 앉은 김기영은 그제야 긴장이 풀린 듯 어느덧 스르르 잠이 든 후였다.

유천도 조금 긴장이 풀린 듯 눈을 감고 있는 사이 앞에 있던 이현기가 물었다.

"당신은 누구십니까?"

"보시다시피요."

"도대체……."

"그럴 일이 있었습니다. 김기영 씨가 납치당했거든요."

"납치요?"

깜짝 놀란 이현기에게 유천이 조용히 말했다.

"자세한 이야기는 김기영 씨에게 들으십시오."

"아, 네."

앞에 앉아 운전하던 이현기도 더 이상 묻지 않았다.

그다지 편안하게 이야기할 수 있는 분위기는 아니었다.

그들이 도착한 곳은 베이징 외곽에 위치한 한적한 저택이었다.

주변에 인가가 가까이 있지 않아 한결 마음 편한 곳이기도 했다.

유천은 김기영을 부축해 내리면서 혼자 중얼거렸다.

"오늘은 등산만 하네."

생각하는 사이 이현기가 얼른 유천에게 말했다.

"빨리 얼른 들어오시죠."

유천은 서둘러 집 안으로 들어섰다.

집 안에 들어서 침대에 김기영을 뉘이자 온몸의 맥이 쭉 빠지는 기분이었다.

옆에 있던 이현기가 유천에게 물었다.

"어떻게 된 일입니까?"

"보다시피요."

유천은 긴 말을 생략했다. 그때 침대에 누워 있던 김기영이 말했다.

"저분이 내 생명의 은인이야."

"감사합니다. 그런데 어떻게 된 거야?"

두 사람에게 동시에 얘기하는 이현기의 모습이 다급하게 보였다.

김기영은 한결 느긋해진 표정으로 말했다.

"일이 꼬였어."

"무슨 일인데?"

"내가 개발하려고 했던 거 알잖아."

"어, 알지. 리튬이차전지 그거. 그런데 대현그룹하고 잘된 거 아니야?"

이현기가 말하자 김기영이 고개를 저었다.

"그들이 뒤통수를 쳤어."

"무슨 이야기야?"

"실은……."

김기영의 설명을 듣던 이현기의 얼굴에 분노가 서렸다.

"그런 개새끼들이!"

"그때 저분이 구해준 거야. 정말."

김기영이 말하자 이현기가 유천에게 고개를 숙였다.

"정말 감사드립니다."

"별말씀을요. 그런데 이제 어떻게 하실 겁니까?"

유천이 묻자 김기영이 대답했다.

"아무래도 중국을 떠나야 될 거 같습니다. 한데 움직이면 흔적이 남아서."

고민하는 김기영에게 이현기가 말했다.

"중국은 돈이면 다 되는 나라야."

"그럼?"

희망에 찬 김기영의 표정을 본 이현기가 웃으며 말했다.

"위조여권으로 일단 러시아 쪽으로 가보지. 여기 위조여권은 진짜 여권하고 똑같아."

"어떻게 하는 건데?"

"사망신고를 하지 않은 자들의 여권으로 여권 브로커들이 위조를 하는 거야."

"그런 거 얻을 수 있겠어?"

김기영이 묻자 이현기가 고개를 끄덕였다.

"어렵지 않아. 그런데 치료부터 해야 되겠어."

"의사한테 소문나면."

"그런 것도 걱정하지 마. 아주 믿을 만한 의사가 있어. 잠시만 기다려 봐."

이현기는 곧바로 휴대폰을 들고 연락했다.

"어, 난데. 내 별장 있지. 그쪽으로 좀 와줘. 다친 사람이 있는데. 어, 그래. 병원 가기는 그렇고, 기다릴게."

통화를 마치고 난 이현기가 김기영에게 말했다.

"금방 올 거야."

"중국에 오래 살아서 그런지 인맥이 넓은데?"

"그렇지. 이렇게 써먹을 줄은 몰랐는데."

이현기가 웃자 김기영이 말했다.

"너한테 피해가 갈지 모르겠다."

"철저히 비밀만 지키면 되는데, 뭐."

"실은 너하고 같이 일해 볼까 하는데, 없는 걸로 하자."

"그건 나도 어렵다."

이현기가 고개를 저었다.

이렇게 김기영이 당한 걸 보니 자신도 두려움이 이는 건 어쩔 수 없었다.

도와주긴 하지만 그 일에 끼어들고 싶은 마음은 없다는 눈치였다. 옆에서 지켜보던 유천은 고개를 끄덕였다.

그나마 좋은 의리를 본 기분이었다.

그때 이현기가 유천에게 말했다.

"좀 쉬시죠."

"안 그래도 거실에서 좀 쉴 생각입니다."

유천이 그 말을 끝으로 밖으로 나갔다.

둘 사이에 할 말이 많은데 공연히 옆에 끼어 있을 필요는 없었다.

그렇게 한 시간을 기다리자 한 사람이 다급히 들어오는 모습이 보였다.

평상복을 입었지만 가방을 든 모습을 보니 의사임이 분명했다.

그는 유천은 거들떠보지도 않고 곧바로 방으로 들어갔다. 유천은 그제야 피곤한 몸을 소파에 기대며 한숨 늘어지게 잠들었다.

"음."

언뜻 깨 시간을 보니 벌써 한 시간이 흘렀다.

유천은 길게 기지개를 켜며 중얼거렸다.

"피곤한 하루였어."

얘기하는 사이 바로 이현기가 밖으로 나왔다.

"들어오시랍니다."

"네."

유천은 짧게 대답하고 안으로 들어갔다.

안에 들어가니 김기영은 여기저기 붕대로 감은 모습이었다.

손등에는 링거까지 꼽혀져 있어 그야말로 중환자처럼 보였다.

김기영은 유천을 보자마자 말했다.

"정말 감사드립니다."

"이제 그만 저는 가봐야겠습니다."

"한국에 가면 뭐라고 말씀하실 겁니까?"

"제거했다고 이야기해야죠."

너무도 담담한 유천의 말에 김기영이 흠칫했으나 이내 미소를 지었다.

"뭐라고 감사를 드려야 될지."

"괜찮습니다. 그럼 이만. 제가 너무 시간을 끌면 대현그룹에서 의심할 겁니다."

유천이 자리에서 일어서자 김기영이 유천에게 손을 내밀

었다.

"이거 가져가십시오."

"이게 뭡니까?"

"USB입니다."

"그건 압니다만."

유천이 고개를 갸웃거리자 김기영이 설명했다.

"믿을 만한 분이라서 드리는 겁니다. 그 USB를 꽂으면 비밀번호가 풀릴 겁니다."

"이걸 왜 절 주십니까?"

"한국에 가서 대현그룹에 주시고 의뢰비를 받으십시오."

"그럴 생각 없습니다."

유천이 말을 자르자 김기영이 다시 권했다.

"그러셔도 괜찮습니다. 핵심기술은 제가 뺐거든요."

"그럼?"

"맞습니다. 여기서 다시 한 번 개발해 보려고요. 그거는 있으나 없으나 저에게 상관없습니다."

가만히 듣던 유천이 한마디 했다.

"돈은 있으십니까?"

그 말에 움찔하는 김기영이 힘없이 말했다.

"워낙 거금이 들어서."

"그거 개발하면 돈이 되겠죠?"

"아마 꽤 많은 돈을 벌 수 있을 겁니다."

"그 자금 제가 투자하겠습니다."

"투자요? 엄청난 돈이 들 텐데요."

"어느 정도 돈이 들 거 같습니까?"

"개발하고 생산설비까지 갖추려면 적어도 100억은 필요합니다."

유천은 가만히 생각해 보다 고개를 끄덕였다.

"마련해 보도록 하죠. 그리고 어디로 가실 겁니까?"

"러시아를 통해서 가야 될 것 같습니다."

말은 그렇게 했지만 정작 갈 곳이 없었던지 김기영의 입이 점점 잦아들었다.

유천은 그때 생각나는 사람이 있었던지 곧바로 말했다.

"아프리카 어떻습니까?"

"아프리카요?"

"그쪽에 믿을 만한 분이 계십니다. 그분과 함께 만나셔서 일을 하시면 됩니다. 연락은 제가 해드리죠."

"그렇다면 저야 좋습니다만. 이거 정말 이렇게 신세 져도 되겠습니까?"

"돈 벌면 저도 버는 거 아닙니까?"

"그거야 그렇죠."

"그럼 같이하는 거로 합시다."

이야기는 그렇게 순탄하게 끝났다.

유천이 문득 생각난 듯 김기영에게 물었다.

"그런데 왜 그런 모진 고문을 받으면서도 실토하지 않으셨습니까?"

"실토하면 바로 죽으니까요."

"아."

유천이 그제야 고개를 끄덕였다.

자신이 짐작했던 게 맞았던 기쁨도 있었다. 김기영은 상상외로 강한 남자였다.

말이 쉽지 그 지독한 고문을 견디며 사실을 실토하지 않는다는 것은 쉽지가 않았다.

차라리 실토를 하고 죽여줬으면 하는 달콤한 유혹도 있었을 것이다.

그런데 그 유혹을 이겨낸 힘이 무엇일까 궁금하지 않을 수 없었다.

"힘들지 않았습니까?"

"우리 가족을 생각했습니다."

"가족."

유천이 공감하는 바였다.

사실 유천도 어머니 때문에 여기까지 왔다는 생각이 들자 괜한 동질감을 느꼈다.

김기영은 유천의 표정을 바라보더니 조용히 물었다.

"우리 식구들 좀 만나봐 주실 수 있겠습니까?"

"식구들이요?"

"어떻게 지내나 궁금합니다. 지금 상태론 연락도 못해보고 그렇다고 안 볼 수도 없고요."

답답한 김기영의 하소연에 유천이 고개를 끄덕였다.

"알겠습니다. 가서 보고 나중에 연락드리죠."

"그렇게 해주면 정말 뭐라고 감사를 드려야 될지 모르겠습니다."

"지금은 감사하지 않은가요?"

유천이 농담을 던지자 김기영이 씩 웃었다.

"꼭 말로 해야 되나요?"

"걱정하지 마십시오. 이제 한배를 탔는데, 같이 벌어야죠."

유천의 말에 김기영이 한마디 했다.

"그렇게만 해주신다면 지분의 51%를 드리겠습니다."

"아니, 그러면 제가 오너가 될 텐데요."

"상관없습니다. 어차피 덤으로 사는 인생인데요?"

"그건 나중에 이야기하도록 하죠."

유천은 굳이 그렇게 욕심을 부리고 싶은 생각은 없었다. 거기다 아니라도 이렇게 앞에서 대놓고 이야기할 것도 아니었다.

나중에 됐을 때 그때 이야기해도 충분했다.

유천은 곧바로 밖으로 나와 이현기에게 말했다.

"혹시 공중전화 있습니까?"

"저 밑에 가면 있습니다."

"잠깐 다녀오겠습니다."

유천은 바로 밖으로 나가 공중전화 박스로 들어갔다.

띠익띠익.

번호를 누르고 나자 곧바로 영어가 들렸다.

"김명환 씨 있습니까?"

─누구시죠?

경계하는 목소리에 유천이 담담하게 말했다.

"정유천이라고 하면 알 겁니다."

─잠시만 기다려 보세요.

시간이 오래 지나지 않아 곧바로 김명환의 목소리가 들렸다.

─정유천 씨?

"오랜만입니다."

─아니, 갑자기 연락을.

"실은."

유천이 사정 이야기를 쭉 늘어놓자 김명환의 목소리가 밝아졌다.

　―그런 기술을 가진 사람이 있습니까? 좌우간 대기업은 개새끼들이라니까요.

　"제가 봐도 그렇습니다. 어떻게 같이 좀 일해 보시면 어떻겠습니까?"

　―저야 좋죠. 그런데 자금 문제도 다 확실하게 됩니까?

　역시 깐깐하게 나오는 김명환을 보고 유천은 오히려 마음이 편안해졌다.

　"걱정하지 마십시오. 제가 알아서 조달하겠습니다. 러시아를 통해서 갈 테니까 잘 해주십시오."

　―오기만 하면 다 조치하겠습니다. 그리고.

　"또 무슨 일이 있습니까?"

　―아닙니다. 나중에 결정되면 이야기하죠.

　"그럼 이만. 제가 좀 시간이 없어서."

　유천은 전화기를 내려놓고 나서 곧바로 집으로 들어섰다.

　방에 들어서자마자 유천이 김기영에게 말했다.

　"잘됐습니다. 이걸 가져가시면 됩니다."

　유천은 전화번호가 적힌 메모지를 김기영에게 건네줬다.

　"뭐라고 감사해야 될지."

　"돈 많이 버시면 됩니다."

　유천은 그 한마디를 끝으로 뒤로 돌아섰다.

"이대로 가시는 겁니까?"

"더 시간 끌면 의심한다니까요. 행운을 빕니다. 러시아까지 모셔다 드리고 싶은데 친구분이 잘할 거라고 믿습니다. 그럼."

유천은 깔끔하게 뒤를 돌아서 곧바로 밖으로 나왔다.

이현기가 그의 뒤를 따라 나오며 말했다.

"호텔까지 데려다 드릴까요?"

"아니요. 저 혼자 가겠습니다. 혹시나 무슨 일이 있을지도 모릅니다."

"아, 그런."

이현기도 그제야 움찔한 듯 뒤로 물러섰다.

유천은 그로부터 꼬박 한 시간 만에 호텔로 다시 들어섰다.

"힘든 일정이었어."

하지만 마지막 일이 남았기에 유천은 곧바로 휴대폰을 켰다.

띠익띠익.

휴대폰 번호를 눌렀다.

통화음이 몇 번 가자 곧바로 이정명 기획실장의 목소리가 들렸다.

―어떻게 됐습니까?

"깔끔하게 제거했습니다."

─수고하셨습니다. 그러면 노출된 건 없습니까?

"전혀 없습니다. 자세한 건 한국에 들어가서 말씀드리지요."

─그래요.

"약속은 지키셔야 됩니다."

─물, 물론입니다.

말하는 이정명 기획실장의 목소리가 어딘지 모르게 살짝 흔들리는 것을 느꼈다.

유천은 속으로 피식 웃으며 한마디 했다.

'지랄을 해라.'

통화를 마치고 난 유천이 침대에 벌렁 누웠다.

"한숨 자고."

워낙 피곤한 하루였기에 아무리 유천이라도 쏟아지는 잠을 피할 길은 없었다.

띠리링.

요란한 벨소리에 잠에 푹 빠져 있던 유천이 인상을 확 구겼다.

"아침부터 뭐야?"

시계를 보니 아직 아홉 시도 채 되지 않았다.

"이정명 기획실장, 이 인간이."

인상을 구기며 겨우 수화기를 집어 들었다.

"여보세요?"

―지금 올라가도 되겠나? 아니면 로비로 내려오겠나.

날선 목소리였다.

유천은 그 목소리만 들어봐도 누군지 대충 짐작이 갈 정도였다. 완전히 정신이 든 유천이 몸을 반쯤 일으키고 말했다.

보나마나 자신이 해치운 자들과 연관된 인물들임이 분명했다.

그들이 아니라면 중국 땅 어디에서도 유천을 찾아올 사람이 없었다.

"차려 입고 내려가기 귀찮으니 올라오지."

―지금 가겠네.

"아니, 그래도 손님이 오는데 샤워는 해야 되니 10분 후에 올라오시죠."

―그러지.

뚝.

목소리가 끊어졌다.

"매너하고는."

유천은 빠른 동작으로 일어나 샤워실로 들어갔다.

쏴아아!

얼렁뚱땅 샤워를 마치고 옷까지 차려입은 유천이 거울을

보는 순간이다.

땡동.

초인종이 울리자 곧바로 밖으로 나가 조그마한 유리로 밖을 살펴봤다. 모두 네 명의 남자가 줄지어 서 있었다.

유천은 정신을 바짝 차리고 몸에 기운을 끌어올렸다.

그 후 아무렇지도 않게 문을 열었다.

철컥.

그러자 육십이 되어 보이는 남자가 앞에 서 있고, 뒤에 날카로운 눈빛을 한 세 명의 남자가 유천을 노려보았다.

유천은 맨 앞에 서 있는 육십 대 남자를 가만히 쳐다봤다.

언뜻 보기에 시골 영감처럼 보이지만 눈가에 흐르는 살기가 보통은 아니었다.

"어떻게 오셨는지요?"

유천이 태연하게 말을 하자 노인이 말했다.

"잠깐 들어가서 이야기해도 되겠나?"

"그러시죠."

유천이 서슴없이 안으로 안내했다.

노인은 습관적으로 소파 상석에 앉았다.

유천은 아무 말 없이 맞은편 소파에 앉자 뒤쪽에 세 명이 줄지어 서 있는 모습이었다.

보통 사람이라면 간이 떨릴 풍경이었다. 그러나 유천은 내심 차갑게 비웃었다.

'아주 티를 내고 살아라.'

유천은 짧은 시간에 남자들 안주머니가 불룩한 걸 느꼈다.

'권총이군.'

그러나 내색 없이 노인에게 물었다.

"무슨 일로 오셨는지요?"

"몰라서 묻나?"

대뜸 거친 말투가 터져 나왔다.

"영문을 모르겠군요."

"지금이라도 늦지 않았어. 조용히 사실대로 얘기한다면 돌아가지. 아니면."

"아니면 뭡니까?"

유천이 묻자 남자가 손으로 목을 긋는 시늉을 했다.

"이렇게 되는 거지."

"아니, 이 호텔에서 절 어쩌시려고요."

"그 정도 힘이 없어 보이나?"

"있어 보이기도 합니다."

유천이 태연하게 말하자 노인이 빙긋 웃으며 손을 내밀었다.

"주게."

"글쎄 뭔지 모르겠습니다."

"정녕 피를 봐야 알 거 같은가?"

"피라. 그거 참, 지겹게 본 건데요."

유천이 말하자 노인이 인상을 살짝 찌푸렸다.

"말로는 안 되겠군."

"그럼 행동으로 보여주시던가요."

노인이 살짝 손짓하자 세 명의 손이 일제히 안주머니에 들어갔다.

반사적으로 유천의 손가락이 번개같이 세 명에게 날아갔다.

눈에 보이진 않지만 강한 기운이 담긴 바람이 빛살 같은 속도로 세 명을 연이어 강타했다.

턱턱턱!

"윽!"

짧은 비명 소리와 함께 세 명이 바닥에 우수수 쓰러졌다.

"아니, 이건!"

놀란 노인의 목소리에 유천이 싸늘하게 말했다.

"혹시 무협 영화 좋아하십니까?"

"……."

아무런 대꾸 없는 노인에게 유천이 세 명에게 보낸 기운과 똑같이 손가락을 살짝 튕겼다.

"이게 무협입니다."

"컥!"

기가 날아가서 노인의 왼쪽 어깨를 치자 노인이 고통스러운 듯이 인상을 찌푸렸다.

"총보다 더 낫죠? 아무런 흔적도 안 남고. 안 그렇습니까?"

유천이 웃으면서 말했지만 노인은 얼굴이 확 변한 상태였다.

"이게……. 도대체 뭔가……."

"몸에 맞고도 모르시겠습니까?"

"이러고도 네가 무사할 줄 아나?"

"무사 안 하면 어떻게 하겠다는 겁니까?"

유천이 묻자 노인이 말했다.

"경고하지. 내게 이러고 숨 쉬고 산 놈 없다."

"경고는 내가 하죠. 한 번만 더 건드리면 당신, 그리고 당신네 집 남자들은 씨몰살 당할 겁니다. 아시겠습니까?"

유천의 말에는 살기가 그득 실려 있었다.

노인은 그런 유천의 눈빛을 보고 불안감을 느꼈다.

'안 좋아.'

그런 눈빛을 한 자는 웃으면서 사람을 죽일 수 있는 자였다. 그런 생각이 들자 노인은 등에 소름이 끼치는 것을 느꼈다.

평생을 사람을 죽이는 데 살아왔지만 이런 눈빛은 처음이다.

유천이 천천히 일어서며 말했다.

"마지막으로 경고하죠. 건드린다면 그대로 실천됩니다. 아시겠습니까?"

유천은 노인의 오른쪽 어깨를 짚었다.

"끅!"

격통이 밀려오자 노인이 비명을 질렀다. 유천은 그 순간 손을 떼며 말했다.

"아, 이런. 힘 조절이 잘 안 돼서."

순간적이지만 거의 지옥에 갔다 온 노인의 얼굴은 이미 사색으로 변해 있었다.

"저 쓰러진 새끼들은 조금 있으면 깰 겁니다. 잘 데리고 가십시오. 저는 일이 바빠서."

"……."

노인은 아무런 말도 할 수 없다.

지금 무슨 말을 했다가는 당장에라도 죽음의 사신이 덮칠 거 같은 기분이었다.

평생을 이렇게 살아와 간이 컸다고 생각한 노인이었지만 유천의 기세에 완전히 눌려 버렸다.

유천은 짐을 챙겨 들며 노인에게 말했다.

"여기 전망이 좋더군요. 그럼 잘 구경하다 가세요."

유천은 그 말을 마지막으로 객실을 나섰다.

이미 기가 눌린 노인이 어떻게 하리란 생각은 없었다.

"오늘은 아무 일 없을 거야."

내일은 어떻게 될지 몰랐지만 당장 귀국하는 데는 지장이 없어 보였다.

12장

잘한 일이었네

　김포공항에 도착한 유천이 입국 수속을 마치고 공항 밖으로 나갔다.

　"어쩌다가 이렇게 해외여행을 즐기게 됐는지."

　이런 인생이 된 게 유감은 없다.

　전과 달리 다이나믹한 하루하루가 오히려 짜릿하기만 했다. 하지만 유천은 언젠가는 안착할 포근한 꿈을 꾸기 시작했다.

　그때 한 남자가 유천에게 다가섰다.

　"정유천 씨입니까? 이쪽으로 오시죠."

"누구십니까?"

"대현그룹에서 나왔습니다."

"……."

유천은 아무 말 없이 남자를 따라 주차되어 있는 차 상석에 앉았다.

부웅.

차가 출발하자 유천이 앞에 앉은 남자에게 물었다.

"어디로 가는 겁니까?"

"본사로 갑니다."

"지금 길을 돌려서 강화도 쪽으로 가시죠."

"강화도요?"

"아니면 내리고."

"본사로 모시고 오라는 지시를 받았습니다."

남자가 굽히지 않자 유천이 인상을 구기며 말했다.

"강화도로 가라고."

"그럴 수는. 컥!"

유천이 남자의 목을 잡고 스산하게 말했다.

"죽고 싶어? 가라면 가."

"네, 알겠습니다. 강화도로 가."

겁에 질린 남자의 목소리에 운전기사가 얼른 방향을 강화도 쪽으로 돌렸다.

"진작 그러지."

유천은 다시 팔짱을 끼우고 앞만 노려봤다.

운전기사와 조수석에 앉은 남자, 두 사람은 아무 말 없이 강화도 쪽으로 움직였다.

그때 남자가 유천에게 조심스럽게 물었다.

"이정명 기획실장님에게 전화해도 될까요?"

"하세요."

"감사합니다."

남자가 고개를 꾸벅 숙이고는 얼른 휴대폰을 들었다.

"실장님, 접니다. 정유천 씨가 지금 강화도로 가신다는데요? 아, 네. 그렇게 꼭 원하십니다. 네, 바꿔드리겠습니다."

남자가 조심스럽게 유천에게 휴대폰을 건네줬다.

"여보세요?"

─왜 갑자기 강화도로 가신다는 겁니까?

"그쪽으로 오십시오. 할 얘기가 있습니다."

─본사로 오시면 편할 텐데.

"싫으면 그냥 돌아가고요."

─기다리십시오. 그쪽으로 가겠습니다.

이정명 기획실장의 목소리를 들으며 전화기를 다시 남자에게 건네줬다.

유천은 그때부터 조용히 의자에 앉아 있을 뿐이다.

차가 김포공항을 지나 강화도에 들어서자 곧 유천이 한마디 했다.

"왼쪽으로."

인삼센터를 지나 왼쪽으로 접어드는 차였다. 한참을 가던 차가 바닷가에 이르자 유천이 말했다.

"여기 세우십시오. 그리고 이쪽으로 오라고 그러세요."

유천은 차에서 내려 바닷가를 보고 우뚝 서 있었다. 뒤에서 뭐라고 전화 통화를 하든 말든 이미 유천의 관심사가 아니었다.

그렇게 30여 분을 기다리자 마침내 차 한 대가 서는 것이 보였다. 차에서 내린 이정명 기획실장이 허겁지겁 유천에게 다가섰다.

"어떻게 됐습니까? 자세한 이야기를 안 해주셔서."

"잘 해결됐습니다."

"그럼?"

"USB도 가져왔죠. 그거면 비밀번호를 풀 수 있다고 하더군요."

"아, 그럼 주시죠."

"그전에 먼저 계산할 게 있을 텐데요?"

유천은 차갑게 말했다.

이정명 기획실장은 어색한 미소를 지으며 말했다.

"아무래도 회장님께서 일에 비해 너무 보수가 세다고 하더군요."

이미 계약한 사안임에도 말을 바꾸자 유천이 눈썹을 찌푸리며 말했다. 그렇다면 이쪽에서도 곱게 나갈 생각이 없다.

"1.5%."

"아니, 그게 무슨 말씀이십니까? 분명히 1%라고 하지 않았습니까."

"약속 어긴 건 실장님이 먼저입니다. 시간이 지나면 2%로 뜁니다. 그리고 결렬 시 이건 돌려주지 않습니다. 뭐 힘으로 하시려면 하고."

그제야 유천의 의중을 알아챈 이정명 기획실장이 조금 다급한 표정으로 말했다.

"회장님께 연락을 해도 되겠습니까?"

"연락하는 순간 2%로 뜁니다."

유천은 기분이 상하자 더더욱 강하게 나갔다.

이번 일은 위험했기도 했거니와 이정명 기획실장의 수작이 눈에 거슬렸다.

결국 자기 말대로 해야 할 대현그룹 입장을 알았다. 자신 입장에선 해도 그만 안 해도 그만이란 배짱이 서자 오히려 속이 후련해졌다.

잠시 머리를 굴리던 이정명 기획실장이 짐짓 웃으며 말했다.

"연락은 안 하겠습니다. 대신 문자로."

노련한 사회경험에서 우러난 잔머리가 빛을 바라는 순간이다. 역시 대기업의 기획실장이란 그냥 올라가는 자리가 아니었다.

나름 비상한 머리가 동반된 한 수였다.

유천은 어깨를 으쓱거리며 말했다.

"1분 드리지요."

이정명 기획실장은 열심히 문자를 찍었다. 사실 나이가 있는 만큼 문자에 그다지 능숙하지는 않았다.

정확히 50초가 지날 무렵 이정명 기획실장의 입에서 대답이 나왔다.

"그렇게 하겠습니다. 아직 회장님에게 연락이 오진 않았지만 제 선에서는 그렇게 하는 걸로 하죠."

"돈만 받으면 됩니다."

유천은 냉정하게 말했다.

어차피 다급한 건 자신이 아니었다. 물론 자신도 돈이 필요했지만 싸게 팔리고 싶은 생각은 없었다.

"돈은 어떻게 드릴까요?"

이정명 기획실장이 묻자 유천이 지체없이 대답했다.

"현찰, 그리고 무기명 채권으로 주십시오."

"조치하겠습니다."

이정명 기획실장이 곧바로 전화기를 들고 지시했다.

"지금 150억에 상당하는 현찰과 무기명 채권을 가져와. 흔적 없이 말이야."

전화를 끊고 나자 유천이 말했다.

"언제쯤 옵니까?"

"한 한 시간이면 올 겁니다. 그동안 어디 들어가서 쉬시는 게 어떨까요?"

"바다 보는 것도 좋네요."

유천은 자리에서 꼼짝도 하지 않았다. 지금 기분으로 이정명 기획실장과 어디 가서 한가롭게 차를 마시고 싶은 기분은 아니었다.

그러나 이정명 기획실장의 생각은 전혀 달랐다.

'철저하군.'

전혀 빈틈을 보이지 않는 유천의 모습에 질린 표정을 지었다.

머리 좋다는 자신도 유천의 생각을 도무지 짐작하기 힘들었다. 그렇다면 지금은 그저 침묵하는 것이 최고였다.

이정명 기획실장은 옆에 지켜보다 조용히 차 안으로 들어갔다.

그렇게 한 시간여가 지나자 또 한 대의 차가 섰다. 이번에는 SUV였다.

차에서 내린 정장 차림 남자가 트렁크를 열고 커다란 가방을 꺼내 들었다.

여행용 가방을 들고 낑낑거리며 다가온 남자가 이정명 기획실장에게 다가가 인사했다.

"준비해 왔습니다."

"가봐."

"그럼 가보겠습니다, 실장님."

남자는 아무 말 없이 차를 타고 다시 사라져 버렸다.

그제야 이정명 기획실장이 유천에게 말했다.

"가져왔습니다."

"살펴볼까요?"

유천은 여행 가방의 지퍼를 열었다. 열어보니 5만 원권 다발, 그리고 무기명 채권이 무수하게 있었다.

유천은 가방을 닫고 이정명 기획실장에게 말했다.

"금액은 정확하겠죠?"

"확실할 겁니다."

"이젠 됐습니다."

유천이 말하면서 USB를 건네줬다.

얼른 받아 챙긴 이정명 기획실장의 눈빛이 번쩍였다. 어느새 이정명 기획실장이 유천에게 굳은 표정으로 말했다.

"이제 모든 거래가 끝난 겁니다."

"그런 셈이죠."

"한 가지 약속을 해주셔야겠습니다."

"비밀을 지켜달라는 말입니까?"

유천이 눈치 빠르게 되묻자 이정명 기획실장이 고개를 끄덕였다.

"약속할 수 있겠습니까?"

"떠벌릴 일도 아니죠. 저도 켕기는 게 있고."

"그러시다면 됐습니다. 그럼 앞으로 행운이 있기를 빌겠습니다."

이정명 기획실장이 손을 내밀자 유천이 맞잡았다.

이정명 기획실장은 사람 좋은 미소를 지으며 말했다.

"정말 감사드립니다. 하마터면 큰 기술이 중국으로 넘어갈 뻔했습니다."

"그러게 말입니다."

유천은 모르는 척 시치미를 뗐지만 속으로는 가증스러움에 치를 떨었다.

'개새끼들.'

한 사람의 인생을 무참히 짓밟고도 저렇게 웃을 수 있다는 사실이 역겨웠다. 그러나 겉으로는 표정 하나 변하지 않았다.

지금 그런 표정을 내세웠다가는 귀찮은 일만 나올 뿐이다.

이정명 기획실장은 살짝 목례를 한 후 차에서 멀어져 갔다.

부웅!

이정명 기획실장이 탄 차가 출발하고 나자 유천도 천천히
걸음을 옮겼다.

유천이 트렁크에 가방을 넣으려다 아차 한 마음에 다시 뒷
좌석에 가방을 올려놓았다.

유천이 타자마자 운전기사가 물었다.

"어디로 모실까요?"

"가는 곳은요."

유천이 집주소를 알려주고 곧바로 움직였다.

어차피 집주소야 대현그룹에서도 모두 파악하고 있는 게
사실이었다.

그러니 공연히 숨길 일도 아니었다.

운전기사가 가는 동안 유천은 휴대폰을 들고 전에 거래해
저장된 금고회사로 연락했다.

"큰 금고에 넣을 작고 견고한 금고 하나 부탁합니다."

―네, 언제까지 드릴까요?

"오늘 가능합니까?"

―예, 제작된 게 있습니다만.

"그럼 보내주십시오. 주소가⋯⋯."

유천이 말하자 상대가 급히 물었다.

—가격은요?

"계산서 가지고 오세요. 이따 뵙겠습니다."

유천은 전화를 끊고 눈을 감았다.

이제 모든 일이 끝났다는 생각이 들었다. 이제부터는 한국의 일을 처리할 생각에 머리가 살짝 복잡해졌지만 일단은 뒤로 접어뒀다.

"아프가니스탄만 남았네."

어차피 가야될 길이었다.

김명환이 어떻게 지내는지도 알아봐야 됐고, 그 겸사겸사 아프가니스탄의 일도 해결할 생각이었다.

"더 이상 시간 끌 일이 아니야."

간다 간다 했지만 한국 일이 워낙 바빠 미뤘던 일이다. 이번에는 꼭 해결할 생각이었다.

"어떻게 나올까?"

유천의 입장에서는 어느 정도 짐작이 갔지만 기왕이면 틀리길 바랐다.

"좋은 게 좋은 건데."

유천이 집에 도착하자 어머니가 반겼다.

"벌써 돌아온 거야?"

"네, 빨리 온다고 했잖아요."

"네가 언제 그런 말했니?"

"아, 안 했나요?"

유천이 넉살을 부리자 어머니가 살짝 눈을 찌푸렸다. 하지만 어머니의 입장에서 금쪽같은 자식이 일찍 온 것이 싫을 리 없었다.

"녀석도."

얘기하는 사이 이주봉 여동생인 혜진이 얼른 다가와 인사했다.

"오셨어요? 사장님?"

"그래, 잘 지냈냐?"

"저희야 사장님 때문에 잘 지내죠."

"더 잘 지내야지."

빙긋 웃는 유천을 보고 혜진이 부끄러운 듯 고개를 숙였다.

"자, 그럼 이따가 보자. 좀 피곤해서."

유천은 그 말을 끝으로 어머니와 함께 집 안으로 들어섰다. 들어서자마자 유천의 휴대폰이 요란하게 울었다.

─금고회사에서 왔습니다.

"네, 지금 집에 있습니다. 이따가 뵙죠."

유천이 통화를 마치자 어머니가 물었다.

"또 뭘 시켰니?"

"금고요."

"금고라니? 은행에 넣으면 되잖니?"

"그럴 일이 있어서요."

"참, 우리 아들은 비밀이 많네."

"그러게 말이에요."

유천이 빙그레 웃었다.

"그런데 그 가방은 뭐니?"

"아, 네. 돈이요."

"뭐? 돈?"

깜짝 놀란 어머니에게 유천이 슬쩍 말을 돌렸다.

"아니에요. 다른 짐이에요."

"그렇겠지? 그게 돈이면 어마어마한데."

"어머니, 좀 들어가서 쉬시는 게 어떨까요? 피곤해 보이세요."

"아들이 왔는데 밥이라도 해야지."

바로 주방으로 들어가는 어머니의 뒷모습을 봤다.

금고 설치는 워낙 작아서 쉽게 끝났다. 유천은 금고값을 지불하고 난 후 대형 금고문을 열었다.

금고만 두 개다.

대단한 도둑이 들어온다고 해도 3박 4일을 꼬박 매달려야 금고문을 부술 정도였다.

유천은 가방을 열고 돈과 무기명 채권을 차곡차곡 금고 안에 넣었다.

철컥.

금고문을 닫은 후 유천이 휴대폰을 들었다.

"주봉이냐?"

ー형님.

"집으로 와라."

ー벌써 귀국하셨습니까?

이주봉이 반색한 목소리로 화답하자 유천이 웃으며 말했다.

"귀국했으니까 오라고 그러지. 성진이한테 연락해서 같이 오도록 해. 올 동안 난 좀 쉬고 있을 게."

ー알겠습니다. 가서 찾아뵙겠습니다.

유천은 바로 침대에 벌렁 누웠다. 지금 생각해 보니 중국에서 했던 일이 꿈만 같았다.

"보람인가? 챙겼으니까 보람이지."

이제는 두둑한 실탄이 장전됐으니 이한걸이 무슨 짓을 해도 두렵지 않았다.

"이 새끼가 내 말대로 하려나?"

체육관에서 잔뜩 공포에 질린 이한걸의 모습만 생각해도 웃음이 절로 나왔다.

"잘하면 오줌 쌀 거 같은데."

유천은 침대에 누워서 즐거운 상상에 빠져 있었다.

그렇게 꼬박 한 시간이 흘렀을 무렵, 바로 이주봉과 박성진이 들이닥쳤다.

이주봉이 유천을 보고 한마디 했다.

"아니, 이번엔 왜 이렇게 빨리 오셨습니까?"

"일이 잘됐으니까 빨리 왔지. 그나저나 이거 받아."

유천이 5만 원권 두 뭉치를 두 사람에게 따로따로 내밀었다.

"이게 뭡니까?"

이주봉이 묻자 유천이 대답했다.

"보너스야. 그동안 마음고생 심했지? 성진아, 너도 고생 많았다."

"형님, 이거 됐습니다."

"받아 인마. 안 받으면 나 화낼지도 몰라."

이주봉이 선뜻 집지 못하고 주춤거릴 때 박성진이 나섰다.

"주니까 고맙게 받을게."

"그래, 그래야지. 성진아, 너도 고맙다."

"뭐가 고맙다는 거냐?"

"스카우트에 응하지 않았잖아."

"이 맛에 안 하잖아."

박성진이 돈을 흔들며 싱긋 웃었다.

유천은 그쯤에서 마무리하고 이주봉에게 물었다.

"요즘에 수리 센터 적자가 얼마나 나고 있냐?"

"한 달마다 3천만 원 예상됩니다."

유천의 시선이 이번에는 박성진에게 돌아섰다.

"유학원은?"

"아직까지 큰 적자는 안 나지만 적자 날 기미는 보이지."

가만히 듣던 유천이 5천만 원짜리 무기명 채권 한 장을 내밀었다.

"주봉아, 이거 가지고 적자 매우고 나머지는 예비비로 가지고 있어."

"아니, 형님. 돈이 어디서 났습니까?"

"벌었으니까 났지. 성진이 너도 마찬가지고."

"받기는 받는다만 이렇게 적자 나서 해도 되겠어?"

박성진이 영 우려스런 표정을 보내자 유천이 단호하게 끊었다.

"끝까지 가볼 거야."

"뭐 그렇다면 할 말은 없지만."

"그렇게 알고 좀 해줘."

그 이후로도 경영에 대한 얘기를 나눈 후 두 사람은 돌아갔다.

유천은 그제야 편안하게 두 발 뻗고 쭉 쉴 수 있었다.

"힘들었어."

번뜩!

유천이 잠에서 깨자 창밖의 날이 훤하게 밝았다. 놀라 시계를 보니 아침 8시가 거의 다 된 시간이었다.

"징그럽게 잤네."

유천이 기지개를 켜며 세수를 하러 거실로 나가는 순간 어머니가 불렀다.

"유천아, 나 좀 보자."

"세수 좀 하고요."

"얼른 하고 와라. 거실에서 기다리마."

유천은 후다닥 세수와 샤워를 마치고 거실로 나왔다.

"무슨 일이세요?"

"잠깐 거기 좀 앉아봐라."

어머니의 말에 유천이 말없이 앉고 물었다.

"걱정이 있으세요?"

"유천아 솔직히 말해줘라. 이 어미가 걱정돼서 말이야."

"여쭤보세요."

유천이 담담하게 대답하자 어머니가 어두운 얼굴로 말했다.

"너 혹시 나쁜 짓이나 위험한 짓 하는 거 아니야?"

"아닌데요?"

유천의 입장에서는 절대 위험한 일이 아니라 스스로 확신했다. 그래서 어머니에게 자신 있게 말할 수 있었다.

그러자 어머니는 얼굴을 살짝 편 채 말했다.

"그런데 어디서 그렇게 돈을 벌어오는 거니? 주봉이가 이야기하더라."

"주봉이, 그놈이요? 입도 싼 녀석 같으니라고."

"얘기해 보렴."

어머니의 질문에 유천이 잠깐 사이에 머리를 돌려 대답했다.

"실은 전에 외국에 나갔을 때 지분 투자한 게 있습니다."

"무슨 돈으로?"

"제 아이디어를 투자했죠. 그게 수익이 나서 수입 좀 찾으러 다니는 겁니다."

"그냥 보내주면 안 되는 거니?"

"송금하면 아무래도 여러 가지 문제가 걸립니다. 세금 문제도 있고요."

"탈세하는 건 아니지?"

"그럼요."

"그럼 됐다. 이 어미는 걱정되어서 말이야."

어머니의 손을 유천이 덥석 잡았다.

"아무 걱정 안 하셔도 돼요."

"그나저나 수리 센터하고 유학원이 잘 안 된다고 그러던데."

"이제 잘될 겁니다. 사업하다 보면 밝은 날도 있고, 어두운 날도 있죠."

"그럼 다행이지만. 아침 먹을래?"

"그럼요. 어머니가 해주는 밥이 얼마나 그리웠는데요."

유천이 너스레를 떨자 어머니가 웃으며 부엌으로 향했다.

유천 혼자 남자 중얼거렸다.

"이주봉, 이 자식이."

그러나 이주봉을 마냥 욕할 수도 없었다. 이주봉도 자신이 걱정되어서 한 말이라는 걸 알고 있었다.

"외국에 나가지 말라 이거지?"

유천이 싱긋 웃었다.

잠시 휴식을 취한 유천이 오후가 되자 집을 나섰다.

그런데 차를 타고 움직이던 유천이 눈살을 찌푸렸다.

"이 자식들이."

멀리서 미행하는 차를 직감적으로 눈치챈 탓이다.

"호랑이 앞에서 주름을 잡아?"

유천은 시골길 코너를 돌자마자 바로 차를 대각선으로 세우고 내렸다. 불과 1분도 지나지 않아 차 한 대가 오다 급정거했다.

끼익.

유천은 천천히 걸어가 창가에 섰다.

남자는 창문도 열지 않은 채 가만히 서 있었다.

"창 내려요."

유천이 낮게 소리치자 어쩔 수 없이 차 윈도우가 열렸다. 유천이 약간 신경질적으로 물었다.

"이정명 기획실장이 보냈습니까?"

"아니, 그게 아니고. 그냥 아닙니다."

"지금 나랑 장난하자는 겁니까? 당장 이정명 기획실장한테 전화하세요. 다시 한 번 이런 일이 있으면 가만두지 않겠다고. 아니지. 내가 전화하면 되겠군."

유천은 곧바로 휴대폰을 열어 이정명 기획실장에게 전화했다.

─유천 씨 무슨 일입니까?

"이런 장난치실 겁니까?"

─아니, 무슨.

"저에 대해서 자세히 알아본 다음에 장난을 치십시오. 다시 한 번 이런 일이 있으면 저 가만히 안 있습니다. 아시겠습니까?"

유천이 휴대폰을 주머니에 집어넣고 운전석에 앉은 남자에게 말했다.

"다시 한 번 따라오면 각오하세요."

유천은 그 길로 차를 몰고 사라졌다.

뒤에 서 있던 차는 감히 따라올 엄두로 내지 못한 채 멈춰서 있었다.

얼마 후 운전석에 탄 남자의 휴대폰이 울었다.

"네, 실장님."

―당장 돌아와.

"알겠습니다."

차는 바로 방향을 바꿔 180도 다른 방향으로 사라졌다.

휴대폰을 내려놓은 이정명 기획실장이 식은땀을 훔쳤다.

"그런 인간일 줄이야."

김영철 비서실장에게 들은 유천은 그야말로 무서운 인간이었다. 이정명 기획실장은 진저리를 치며 중얼거렸다.

"함부로 대해서는 안 돼."

잘못하다가는 목이 달아날지도 모르는 일이었다.

유천은 편안한 마음으로 시내에 들어서자마자 차를 옆에

세우고 공중전화 박스에 들어섰다.

"빌어먹을. 한국은 공중전화도 찾기 힘드네."

중국에 널려 있던 공중전화가 한국에서는 찾기 정말 힘들었다.

무려 10분을 헤매서야 찾은 공중전화에 들어선 유천이 메모지에 있는 전화번호대로 다이얼을 눌렀다.

띠릭. 띠릭.

몇 번의 신호음이 가더니만 중년 여성의 목소리가 들렸다.

—여보세요?

"유미자 씨죠?"

—맞는데요. 누구시죠?

"김기영 씨 부탁으로 전화드렸습니다."

"……."

순간 수화기에는 아무런 소리가 들리지 않았다. 유천은 그럴 줄 알았다는 듯이 말을 이었다.

"오늘 6시 20분에 잠실야구장에서 뵙죠."

—누구세요?

"김기영 씨가 전해 달란 이야기를 가지고 온 사람입니다. 1번 매표소 쪽 앞으로 오셔서 표를 끊으세요. 그럼 다시 연락드리겠습니다. 아참, 복장은 어떻게 하고 오실 생각입니까?"

—옷이요?

"네, 죄송하지만 얼굴을 몰라서요."

─하늘색 바지에 하얀 티셔츠, 그리고 혹시 모르니 손에 손수건을 들고 있을 게요. 하늘색 손수건입니다.

"알겠습니다. 그때 뵙도록 하죠."

유천은 통화를 마치자마자 잠실야구장으로 향했다.

주차시킨 후 야구장을 여기저기 살펴보던 유천이 머릿속에서 계획이 그려졌다.

"됐어."

유천은 편안하게 벤치에 앉아 시간을 죽이기로 마음먹었다. 손에는 햄버거와 콜라를 들고 있었다.

"야전 군대에서 훈련받은 생각나네."

유천이 빙긋 웃으며 햄버거를 어느새 입안에 집어넣어 버렸다.

6시 20분.

유천은 1번 매표소를 주시했다. 그러자 하늘색 바지에 하얀 티셔츠 복장을 한 중년 여성이 표를 사는 모습이 보였다.

유천이 사방을 둘러보자 저쪽에 두 명의 남자가 이쪽을 주시하는 것이 보였다.

사람들은 수없이 많았지만 유천의 눈은 속이기 힘들었다. 유천은 천천히 유미자의 뒤를 따랐다.

유미자는 사방 아무 데도 둘러보지 않은 채 꼿꼿이 서서 앞으로 움직였다.

'대단한 여자네.'

유천이 속으로 혀를 내두르면서 뒤를 따랐다.

마침내 수많은 사람이 우르르 몰려 들어가는 출입구 쪽으로 유미자가 들어섰다. 유천은 따라가며 뒤에 미행하는 두 남자를 쳐다봤다.

두 남자는 미행이 발각될까 봐 한참 떨어져 있었다.

'기회.'

그건 유천 입장에선 환영할 일이었다. 유천은 매표소를 통과하자마자 수많은 사람에 휩싸여 있는 유미자 옆에 서 말했다.

"3루석 쪽으로 가주세요."

"……."

유미자가 흠칫했지만 아무 말 없이 못 들은 척 움직였다. 유천은 그녀의 뒤를 한참 떨어져 쫓아갈 뿐이었다.

유천이 뒤에 따라오던 두 명을 흘깃 바라봤다.

건장한 몸매, 단단한 체격이 어떤 일에 종사하는지를 한눈에 알아볼 정도였다.

'대현그룹에서 보냈겠군.'

유천이 내심 짐작한 후 서서히 멀어져 갔다.

3루석 쪽에 들어서자 유미자가 앉아 있는 모습이 멀리서도 보였다. 워낙 독특한 차림이라 찾는 데는 어렵지 않았다.

유천은 멀찌감치 떨어져 자리에 앉아 조용히 야구장 안을 주시했다.

쫓아온 두 명의 남자도 유미자에서 조금 떨어진 곳에 앉아 야구를 보는 척하는 중이었다.

"니들이 야구를 알아?"

유천이 내심 차갑게 비웃으며 묵묵히 기다렸다.

"빨리 5회가 되어야 되는데."

5회에는 클리닝 타임이라고 해서 운동장 재정비 시간이다. 그 시간에는 수많은 관객이 우르르 나가 저마다 볼일을 보게 마련이다.

그 혼잡할 틈을 이용할 계획이었다.

"아주 좋아!"

야구는 유천의 생각대로 투수전으로 일관하고 있었다. 투수전을 하다 보면 한 회당 시간이 빨리 가게 마련이었다.

한 시간 남짓이 지났을 때 마침내 5회가 되었다.

우르르.

클리닝 타임이 되자 사람들이 우르르 나가는 모습이 보였다.

수많은 사람이 한꺼번에 나가다 보니 유미자가 나가는 것을 그 틈에 끼어 있었다.

유천은 빠르게 따라붙어 유미자에게 말했다.

"이쪽으로 오세요."

유미자를 끌고 다른 쪽으로 움직였다. 유미자는 유천의 뜻대로 걸음을 빨리했다.

유천은 곧바로 출입구 쪽으로 나가 유미자와 함께 야구장에서 멀리 떨어진 농구장 쪽으로 향했다.

"실례했습니다."

유천이 고개를 꾸벅 숙이자 유미자가 다부진 목소리로 말했다.

"누구시죠?"

"중국에서 왔습니다."

"진짜 그이가 보내셨나요?"

처음으로 목소리가 떨려나왔다.

유천이 천천히 입을 열었다.

"고생 많으시죠?"

"그이는 괜찮나요?"

"네, 건강하십니다."

유천이 살짝 찔렸지만 거짓말을 했다. 그렇다고 당신 남편이 다쳐 신음하고 있다는 말을 차마 전하기는 힘들었다.

그러자 유미자가 거의 울 듯한 목소리로 말했다.

"다행이네요."

"한 가지만 알려드리러 왔습니다."

"뭐죠?"

"김기영 씨는 절대 산업 스파이가 아닙니다. 이건 제가 직접 본 사실입니다."

"……."

그 말에는 아무 말 없이 드디어 유미자 눈에서 눈물이 주르륵 떨어졌다.

"이것만은 제가 약속드리겠습니다. 그 말을 전하러 왔고, 이거 받으십시오."

"이게 뭐죠?"

"김기영 씨가 전해 드리라는 돈입니다."

"돈이요? 우리 그이가 정말 산업 스파이가 아닌가요?"

유미자의 눈에는 간절한 바람이 숨겨져 있었다. 유천은 그런 유미자에게 조용히 말했다.

"제 어머니의 명예를 걸고 말씀드리죠. 아닙니다. 그분은 대현그룹의 추악한 함정에 빠진 겁니다."

"그럴 줄 알았어요. 그이는 그럴 사람이 아니에요. 그이는 어떻게 지내나요?"

"지금 중국을 떠나 다른 나라로 갔습니다. 안전하십니다."

"집에 연락은 하지 말라고 그러세요. 감시가 따라 붙어요."

"알고 있습니다. 고생 많으시죠?"

유천이 부드럽게 말하자 유미자가 고개를 저었다.

"아니요. 우리 그이가 죄를 짓지 않았다는 걸로 충분히 만족해요."

"그나저나 이거 받으십시오."

"아니요. 필요 없어요."

"아, 받으셔야 되는데."

유천이 머뭇거리자 유미자가 단호하게 말했다.

"정 주시고 싶으시면 130만 원만 주실 수 있겠어요?"

"아, 네?"

놀란 유천이 멍한 표정을 짓자 유미자가 말했다.

"공과금이 좀 밀려서요."

"아, 드려야죠."

"딱 130만 원만 주세요. 나머지는 제가 월급 받으면 할 수 있어요."

"월급이라니요?"

유천이 놀라 묻자 유미자가 부끄러운 듯 웃으며 말했다.

"식당에 다니거든요."

유천은 순간 눈을 감았다.

잠시 후 지갑에서 130만 원을 꺼내준 유천이 다시 한 번 가방을 내밀며 말했다.

"가방 가지고 가시지요?"

"절대 안 가져가요. 대신 우리 그이에게 전해 주세요. 객지에서 고생이 많잖아요."

단호하게 거부하는 유미자에게 더 이상 권하긴 힘들었다.

"그럼 무슨 일이 있으면 제가 종종 전화드릴 테니까 그때 말씀해 주세요."

"그럴게요. 우리 그이 소식이나 전해줄 수 있죠?"

"그럼요. 틈나는 대로 전화 드리겠습니다."

유천의 말이 끝나자 유미자가 정중하게 고개를 숙였다.

"소식 전해주셔서 정말 감사합니다."

"별말씀을요."

"이제 아이들에게 당당하라고 말하겠어요. 너희 아버지는 절대 범죄자가 아니라고요. 그거 하나면 충분해요."

정말 유미자는 행복한 표정이었다. 유천은 그런 그녀에게 한마디를 꺼냈다.

"김기영 씨가 그러더군요. 힘들 때 부인과 아이들이 큰 힘이 됐다고요."

"저와 아이들도 아빠를 존경한다고 전해주세요."

"존경이요?"

간단하지만 어려운 말이다.

가장 가까운 사람에게 존경받는 다는 건 정말 힘든 일이다.

그런데 김기영은 그걸 해냈다.

유천이 진심을 담아 말했다.

"언젠가 꼭 좋은 날이 올 겁니다."

"실례지만 성함이?"

"정유천입니다."

지금은 후환을 생각할 때가 아니었기에 유천이 금방 대답했다.

"그럼."

유미자는 아주 작게 유천의 이름을 되뇐 후 환하게 웃으며 천천히 걸어갔다.

그 뒷모습을 바라보던 유천이 자신도 모르게 중얼거렸다.

"김기영 씨, 당신 세상 헛살진 않았네요."

김기영을 구한 일은.

정말 잘한 일이었다.

『한국호랑이』 6권에 계속…

FANATICISM HUNTER

광신사냥꾼

류승현 판타지 장편 소설

FANTASY FRONTIER SPIRIT

「블레이드 마스터」의 류승현 작가가 펼쳐내는
판타지의 새로운 신화!

마도대전을 승리로 이끈 유리언 대륙의 영웅,
최강의 아크 메이지 제온!

그러나 '세상의 섭리'에 아내와 아이를 빼앗기는데…….

『광신사냥꾼』

만약 그것이 정말로 세상의 섭리라면,
그마저도 무너뜨리고 말리라!

복수를 위한 제온의 위대한 여정이 시작된다!

Book Publishing CHUNGEORAM

유행이 아닌 자유추구~
WWW.chungeoram.com

Explosive Dragon King Bahamut

폭룡왕
바하무트

GAME FANTASY STORY

몽연 게임 판타지 소설

가상현실 게임 포가튼 사가 랭킹 1위!
대륙십강 전체를 아우르는 폭룡왕 바하무트.

폭룡왕이라는 칭호를 「진짜」로 만들어라!

방법은 한 가지.
400레벨 이상의 라그나뢰크급 노룡
칠대용왕(七大龍王)이 되는 것.

어디에도 소속되지 않은 채 유유히 전장을 누빈다.
바하무트 앞에 펼쳐지는 새로운 게임 세계!

Book Publishing CHUNGEORAM

유행이 아닌 자유추구 -
WWW.chungeoram.com

말년병장, 이등병 되다!

에바트리체 장편 소설

FUSION FANTASTIC STORY

대한민국 남자라면 알고 있을 바로 그 이야기!

『말년병장, 이등병 되다!』

전역을 코앞에 둔 말년병장, 이도훈.
꼬장의 신이라 불리던 그가 갑자기 훈련병이 되었다?!

"…이런 X같은 곳이 다 있나!"

전우애 넘치는 군인들의
좌충우돌 리얼 군대 이야기!

Book Publishing CHUNGEORAM

유행이 아닌 자유추구 -
WWW.chungeoram.com

HERO 2300

FUSION FANTASTIC STORY

영웅2300

말리브 장편 소설

「도시의 주인」 말리브 작가의
특급 영웅이 온다!
『영웅2300』

돈 없는 찌질한 인생 이오열,
잠재 능력 테스트에서 높은 레벨을 받았지만

"젠장, 망했어! 되는 일이 하나도 없어!"

하필이면 최악의 망캐 연금술사가 될 줄이야!

그러나 포기란 없다.
최악에서 최고가 되기 위한
오열의 이야기가 시작된다!

Book Publishing CHUNGEORAM

Sanctum
생텀

이영균 판타지 장편 소설
FUSION FANTASTIC STORY

취재 현장에서 맞닥뜨린 녹색 괴물.
그리고 무혁은 한 번 죽었다.

죽음에서 깨어난 무혁에게 다가온 것은
숨겨졌던 이세계, 생텀의 존재였다!

현대에 스며든 악신 투르칸의 잔인한 손길.
생텀에서 온 성녀 후보 로미와 도멜 남작을 도우며
무혁의 삶은 점차 비일상에 접어드는데……

이계와의 통로는 과연 우연인 것인가?
생텀(Sanctum)의
진정한 의미를 찾아라!

Book Publishing CHUNGEORAM

유행이아닌 자유추구
WWW.chungeoram.com

말년병장, 이등병되다!

에바트리체 장편 소설

FUSION FANTASTIC STORY

대한민국 남자라면 알고 있을 바로 그 이야기!

『말년병장, 이등병 되다!』

전역을 코앞에 둔 말년병장, 이도훈.
꼬장의 신이라 불리던 그가 갑자기 훈련병이 되었다?!

"…이런 X같은 곳이 다 있나!"

전우애 넘치는 군인들의
좌충우돌 리얼 군대 이야기!

Book Publishing CHUNGEORAM

LORD

FANTASY FRONTIER SPIRIT

RAY SHADE

영주 레이샤드

한승현 판타지 장편소설

저주받은 영지 아베론의 영주 레이샤드.
열다섯 번째 생일날,
정체불명의 열쇠가 그의 운명을 바꾸었다!

『영주 레이샤드』

시험의 궁을 여는 자, 원하는 것을 얻으리니!
시련을 극복하고 새로운 땅의 주인이 되어라!

레이샤드의 일대기가 시작된다!

Book Publishing CHUNGEORAM

유행이 아닌 자유추구 -
WWW.chungeoram.com

FANATICISM HUNTER

광신사냥꾼

류승현 판타지 장편 소설

FANTASY FRONTIER SPIRIT

「블레이드 마스터」의 류승현 작가가 펼쳐내는
판타지의 새로운 신화!

마도대전을 승리로 이끈 유리언 대륙의 영웅,
최강의 아크 메이지 제온!

그러나 '세상의 섭리'에 아내와 아이를 빼앗기는데…….

『광신사냥꾼』

만약 그것이 정말로 세상의 섭리라면,
그마저도 무너뜨리고 말리라!

복수를 위한 제온의 위대한 여정이 시작된다!

Book Publishing CHUNGEORAM

유행이 아닌 자유추구-
WWW.chungeoram.com